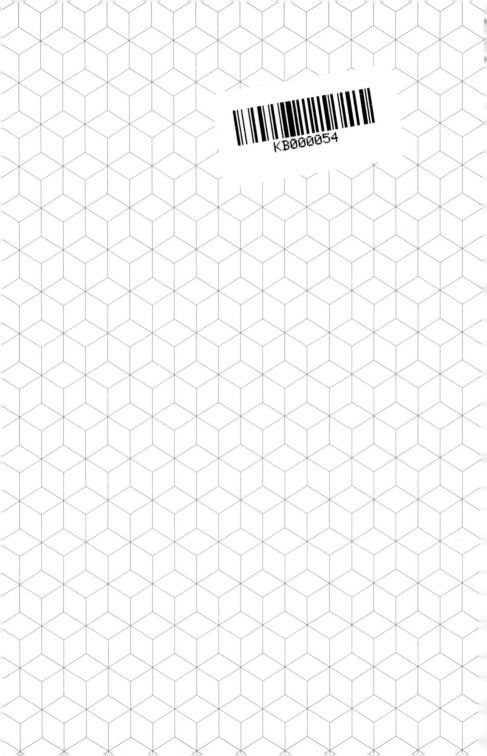

혼자여서 완벽한 사람들

초솔로 시대,
우리는 왜
혼자 사는가

글 한정연

혼자여서
완벽한
사람들

amStory
All about Making Story

목차

마무리하며

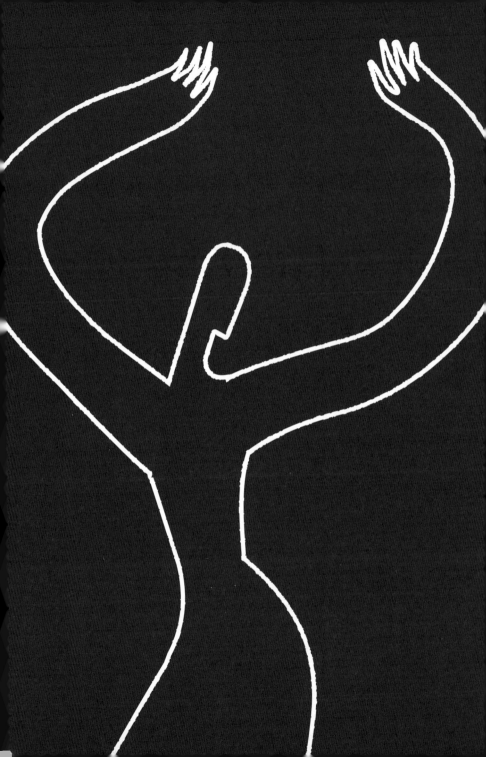

들어가며

작지만 확실히 소비할 수 있는
정도의 행복, 소확행

　　어느 봄 스물여덟 살의 한 청년이 도끼 한 자루를 빌려 들고 집 근처 호숫가의 숲속으로 들어간다. 청년은 집터 바로 옆에서 자라던 백송나무들을 한 그루씩 베어 넘긴다. 그는 이 나무들을 사방 여섯 치의 각목으로 만들고, 양면만 다듬은 통나무로 기둥을 만들었으며, 한쪽 면만 다듬어 나무껍질을 그대로 남겨 놓은 것으로 서까래와 마루에 깔 널빤지를 준비했다. 청년은 4월 중순엔 근처 빈농의 낡은 집 한 채를 사서 해체해 판자까지 확보한다. 자신이 살 집을 스스로 만들기로 한 것이다. 도끼를 든 지 석 달도 안 돼 청년은 지붕을 올리고 유리창을 달아 오직 자신의 힘으로 집 한 채를 온전히 완성한다. 그는 7월 4일 이 집에 입주한다. 100일 만에 미국 코네티컷주(State of Connecticut) 콩코드(Concord) 인근 월든(Walden) 호숫가에 집 한 채를 지은 청년의 이름은 핸리 데이비드 소로(Henry David Thoreau)다. 그는 서른 살이 되던 1847년까지 이 집에 살았다. 이 경험을 담은 책『월든』은 출간까지 7년이 걸렸다.

우리는『월든』이 대자연에서 혼자 살면서 문명사회를 비판하고 자신을 성찰하는 일종의 자연예찬론이자 소확행(작지만 확실한 행복)의 원조쯤으로 기억한다. 책 전체를 보면 그런 면이 있는 것도 사실이다. 하지만 소로가 집을 지은 건 그저 문명사회를 비판하기 위해서가 아니었다. 그는 경제적인 이유로 그러니까 돈이 없어서 혼자 집을 짓고 살 생각을 했다. 실제로 책에는 집 짓는 데 쓴 못 하나에 얼마가 들었고, 판자는 얼마인지 등 전체 건축비를 자세히 밝히고 표로 정리해놓기까지 했다. 소로는 총 건축비가 28달러 12.5센트라며 뿌듯해한다. 그럴 만도 하다. 소로는 자신이 하버드대학교를 다닐 때 학교 기숙사 방보다 조금 더 큰 방을 월세 2달러 50센트에 빌렸었다며 으쓱거린다.『월든』은 소로의 경제생활을 자세히 기록한 가계부이기도 하다. 그는 입주 후 8개월 동안 쌀, 설탕, 2센트짜리 수박 등 식비로만 모두 8달러 74센트를 썼다. 1년 동안 이 호숫가의 집에서 살면서 쓴 돈은 총 61달러였고, 감자 옥수수 등을 경작해 팔아서 번 23달러를 포함해 36달러를 벌었다고 자세히 기록하고 있다.

그가 2년 2개월을 살고 호숫가를 떠난 이유 중에는 비록 책에서는 집을 한 채 마련한 비용이라고 합리화하지만 1년에 하버드대학교 기숙사 방세 이상 적자를 냈던 것도 있을 것이다. 돈을 벌고, 아끼고, 건축비를 치열하게 줄여가는 사이, 소로는 문명사회의 사치를 비판하고 호숫가 생태계의 아름다움에 빠지기도 한다. 그러나 결국 혼자 산다는 것, 경제적으로 자립한다는 것을 고민한다. 소확행을 꿈꿨지만 이를 자신의 인생에 정착시키진 못했다. 사회와 자연, 자립과 경제적 독립을 목표로 버텨낸 몇 년이라고도 읽힌다. 그래서 『월든』은 현대 '솔로 경제'의 순환도와 닮은 부분이 있다. 소확행은 확실하지 못하고, 대확행은커녕 중확행도 이루기 힘든 그런 삶 말이다.

비혼과 미혼이 오직 개인의 선택이라는 것은 사회적으론 무책임한 해석이다. 비미족(비혼·미혼족)의 선택은 경제적인 문제와 직결돼있기 때문이다. 청년들은 어느 시점에선가 현 경제 시스템 아래서 더 큰 빚을 만들어가며 3인, 4인 혹은 5인 가구가 될 것인지, 아니면 은행과 저축은행, 대부업체로부터 부분적으로나마 자유로운 (한마디로 빚을 덜 만드는) 1인 가구가 될 것인지 강요받는다. 부모의 도움이 없는 사회 초년생들은 일단 학자금 대출이라는 빚을 지고 사회생활을 시작한다. 가장 많은 일자리가 있는 서울 시내에서 스스로 벌어서 적절히 쾌적한 결혼생활을 유지할 수 있는 이들은 선택받은 사람들이라고 봐야 한다. 그럼에도 결혼을 선택하는 이들을 기다리는 건 (운이 좋다면) 30대와 40대를 통째로 갈아서 만든 작은 집 한 채, 그리고 느닷없이, 준비 없이, 그리고 소리도 없이 다가오는 소득의 절벽과 노년기다. 이를 깨닫는 순간 우리는 이미 나의 꿈을 꾼다는 것조차 불경스러워 퇴사라는 옵션조차 없는 삶에 푹 빠져있을 것이다.

평범한 청년이 기적적으로 취업에 성공해 직장 생활을 시작해서 스스로 일궈낼 수 있는 수준의 자산이라는 건 과연 실존하는 것일까? 한국대학교육협의회가 2019년 8월 전국 417개 대학을 조사해 발표한 자료에 따르면, 2018년 하반기와 2019년 상반기에 학자금 대출을 이용한 대학생 수는 46만 2,672명으로 전년 동기 대비 2만 명 가까이 늘어났다. 전체 재학생 중에서 학자금 대출을 이용하는 학생의 비율은 13.9%였다. 학자금 목적을 제외하고 대학생들이 은행

권에서 받은 대출금은 2017년 말 현재 1조 원을 넘겼다(김병욱 더불어민주당 의원실). 2014년 말에는 6,193억 원이었는데, 3년 만에 무려 77.7%나 늘어난 금액이다. 2018년 7월에는 더 늘어나 대학생들의 빚은 1조 1,000억 원, 대출 건수도 무려 10만 건을 넘겼다. 연체도 계속해서 늘고 있다. 연체액은 2014년 말 21억 원에서 2018년 7월 55억 원으로 두 배 이상 늘었다. 연체 건수는 3배 이상 증가했다. 이런 상황에서 스스로 일궈내는 부의 수준을 측정한다는 게 무의미해 보인다.

유럽화된 가혹한 청년 실업률을 격파하고 신입사원이 되는 이들은 이제 30대를 훌쩍 넘기기 일쑤다. 취업 사이트 사람인이 2019년 신입을 뽑은 기업 431곳을 조사해보니, 신입 채용에 30대 지원자가 있었다는 응답이 77%를 넘겼다. 전체 지원자의 42%가 30대 이상 지원자였다. 2018년보다 무려 37.9%나 증가했다. 특히 중소기업(39.9%)과 중견기업(32.6%)에 몰려있었다. 다른 취업 사이트 잡코리아(JOBKOREA) 조사에 따르면 2019년 대졸 신입사원 연봉은 4,060만 원이었지만, 중소기업은 2,730만 원에 불과했다. 수도권에 위치한 수출 대기업 입사에 실패하고 나이는 이미 서른을 넘은 신입사원들은 이제 노후 대비 저축조차 하기 힘들다. 신한은행은 「2018년 보통사람 금융생활 보고서」에서 "직장인의 26%가 노후 대비 저축을 하지 않는다"라고 밝혔다. 그나마 저축을 해도 월평균 26만 원에 불과했다. 이 은행이 조사한 대한민국 '보통사람'들의 평균 월급은 285만 원이었다. 저축을 하지 않는 이유는 20대, 30대, 40대, 50대 모두 '돈이 없어서'였다.

그래서 나온 게 소확행이다. 어쩌다 마음에 드는 필기구 하나를 사거나, 아침마다 따뜻한 커피를 한 잔 마시는 정도의 확실하게 지불할 수 있는 수준의 행복 말이다. 어쩌다 좋은 취향의 사람들과 만날 수 있는 장소, 좋은 책을 비슷한 사람들과 함께 읽고 대화할 수 있는 정도의 '취향 서비스'를 큰맘 먹고 결제할 수도 있다. 어쩌면 소확행을 추구한다기보다는 사회의 경제 시스템으로부터 그 정도에서 만족하라고 강요받는 삶인지도 모르겠다. 소설가 무라카미 하루키(Murakami Haruki)가 얘기한 '소중하지만 확실한 행복'은 맛있는 빵집을 발견하는 수준의 낮은 난도면 만족한다는 별것 아닌 뜻일 수 있다. 그러나 이 시대의 미혼과 비혼들에게 소확행은 확실히 소비할 수 있는 정도의 숫자로 표시된 행복이다.

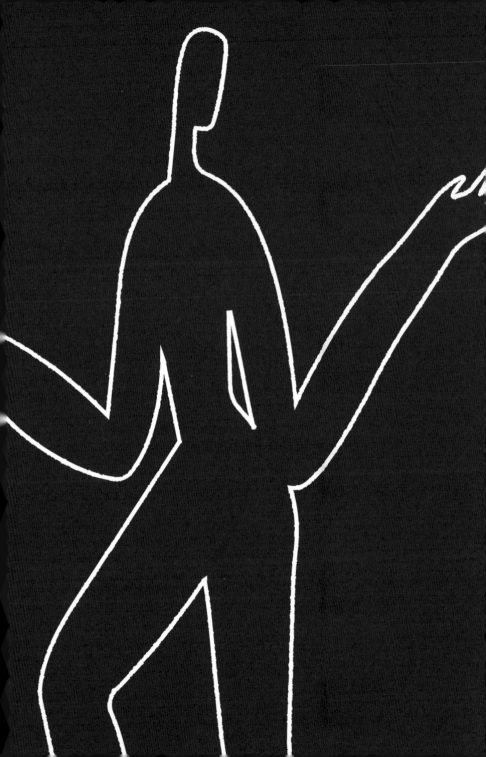

제 1 장

비혼 유발 사회

한국의 출산율 저하는
'누군가'의 탓이 아닌 사회구조 때문이다

한국 사회에서 혼자 사는 데는 각종 통계치를 꿰 찬 논리적 무장이 필요하다. 많은 사람들은 구체적인 일상사를 공유하고 싶어 한다. 이런 TMI(Too Much Information) 홀릭들을 상징하는 하나의 숫자가 출산율이다. 비미족인 우리는 그들에게 "대책도 없이 왜 아이들을 그렇게 많이 낳으셨어요?"라고 묻지 않지만, 이들은 출산을 놓고 농담이라는 명목으로 온갖 언어폭력을 행사하기 때문이다.

먼저 출산율. 한국의 출산율은 2019년 9월 기준 0.88이었다. 출생자보다 사망자가 많으면 인구는 자연 감소하는

데, 2019년 3월, 통계청은 2032년에나 인구 자연 감소가 시작될 거라던 기존 예측을 수정해 2029년부터 총인구가 감소할 거라는 전망을 내놨다. OECD(경제협력개발기구) 회원국 중 출산율이 1 이하로 떨어진 곳은 없고, 세계적으로도 큰 사건이 발생하지 않은 나라가 1 이하로 떨어지는 경우는 사실상 없다. 인구 감소는 경제와 직결돼있다. 인구가 줄면 그만큼 경제성장이 줄어들기 때문이다. 세계 어느 나라에서든 경제 침체는 정권 교체로 연결되는 경우가 많다. 한마디로 누군가는 욕을 먹어야 한다는 거다. 나는 비미족을 욕하기에 앞서 사회 전반을 특히 경제적 문제를 짚어보고자 한다.

인구 자연감소분 전망 (단위: 명)

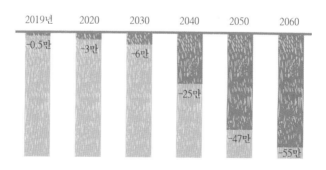

2019년	2020	2030	2040	2050	2060
-0.5만	-3만	-6만	-25만	-47만	-55만

*자연감소 = 출생아 수 - 사망자 수   자료: 통계청 장래인구추계 중위값

결론부터 얘기하면, 결혼이라는 제도의 인기가 떨어진 것을 개인의 문제로 몰아세울 수는 없다. 비미족이 출산율의 전제 조건인 결혼을 안 하거나 못 하는 여러 이유들 중에 개인과 연결되는 건 '개인의 소득'뿐이고, 그나마도 한국 사회의 특성상 어느 정도 정해져 있다. 결혼 연령층이라는 20~30대 초반은 소득이 크게 낮고, 학자금 대출을 겨우 갚아나가는 시기다. 부모의 도움 없이 살아가는 많은 청년들에게 결혼은 사실상 사치에 가깝다.

결혼하지 않은 청년들은 이제 연애조차 하지 않는다. 결혼이 사치라면 연애는 버거운 현실이다. 한국보건사회연구원은 「청년층의 경제적 자립과 이성교제에 관한 한일 비교 연구」라는 보고서에서 미혼율을 자세히 밝혔다. 25~29세 남성 미혼율은 2015년 90%로 1995년 65%에서 크게 늘어났고, 같은 나이대 여성 미혼율도 30%에서 77%로 두 배 이상 늘어났다. 가장 큰 변화는 35~39세다. 이 나이 때 여성 미혼율은 3%에서 19%로, 남성은 7%에서 무려 33%로 급증했다. 40~44세 남성 미혼율은 3%에서 23%로, 여성은 2%에서 11%로 늘어났다. 결혼을 하고자 해도 그곳까지 가는 길은 이렇게 험난하다. 출산율의 잣대를 비미족에게 대기 전에 우선 이성의 손이라도 잡고 시작해야 하지 않을까? 2012년 현재 20~44세 미혼자 중 이성 교제를 하는 사람의 비중은 남자 33%, 여자 37%였다.

대개 이상적인 결혼 대상자의 조건과 같은 설문을 보면 공통으로 경제력, 현재 직업 순으로 선호도가 높았다. 인성과 같은 측정 불가능한 영역은 넘어가자. 남성들이 줄곧 상위권 조건으로 꼽는 외모와 같은 비현실적이고 주관적인 것도 넘어가자. 현재의 직업은 소득을 뜻한다. 소득이 높을수록 결혼율은 증가하고 이혼율은 감소한다. 여기에 허들이 하나 더 있다. 직업이 아무리 좋고 노동소득이 제아무리 높다고 해도, 경제력 즉 자산을 뛰어넘지는 못한다.

노동소득의 취약성은 돈을 많이 주는 직장에 운 좋게 들어간다고 해도 (실제로는 그렇지 않은 경우가 대부분이다) 여전하다. 고소득을 올리며 일할 수 있는 시기가 한정돼 있기 때문이다. 대법원은 2019년 1월 육체노동자의 은퇴 연령을 기존 60세에서 65세로 상향 조정해야 한다는 취지의 판결을 내렸다. 하지만 잡코리아의 2019년 설문조사에 따르면 남성 응답자는 은퇴해도 되는 나이를 67세, 은퇴하고 싶은 나이를 59세로 잡았다. 2017년 같은 회사 조사에서는 은퇴하고 싶은 나이가 62.9세였고, 직장에서 체감하는 은퇴 연령은 51.6세라고 답했다. 여성의 경우 체감 은퇴 연령은 47.9세까지 줄어들었다. 특히 디자인과 기획은 46~47세를 체감 은퇴 연령으로 잡았다. 나이 어린 상사 밑에서 일하는 게 사실상 용납되지 않는 유교주의 사회에서 퇴직은 곧 빈곤으로 가는 길과 같다. 기존에 하던 일을 은퇴 시까지 그대로 할 수 없을 거라고 답한 이들이 65.7%였다. 극단적인 예를 들면 27.9세에 국내 최고의 회사에서 디자인 업무를 시작한 여성은 20년을 근무하고 그만두게 되고, 이후로 같은 수준의 월급을 받을 확률은 35%도 되지 않는다. 결론은 직장인은 아무리 돈을 많이 벌어도 늘 불안하다는 점이다.

하지만 경제력 즉 자산은 다르다. 자산은 아주 위험한 재테크에 올인하거나, 사기를 당하지 않는 한 영원하고 오히려 불어난다. 몇 년 전 한 벤처캐피털의 임원과 점심 식사를 하다가 크게 배웠다. 이 임원은 내가 어머니의 항공권 예약을 대신해 드리려고 들고 있던 '엄마 카드'를 보더니, "세상 그 어떤 VIP 카드보다 더 급이 높은 카드는 '엄마 카드'"라고 농담했다. 그 순간만큼은 나도 일등 신랑감이었다. 법적으로는 물론 '엄마 카드'나 '아빠 카드'를 10년간 5,000만 원 이상 쓰면 그 이상의 금액에 대해서는 10~50%의 증여세를 물어야 한다지만.

경제력의 대물림은 증여와 상속을 통해 이뤄진다. 국

세청 자료에 따르면 100억 원 이상 상속을 받은 사람은 2013년 93명에서 해마다 조금씩 증가해 2017년에는 155명이나 됐다. 50억 원 이상 증여를 받은 사람의 수도 2013년 236명에서 2017년엔 555명으로 두 배 이상 늘어났다. 국세청 자료로는 정확하게 재력이 얼마나 큰 위력을 갖는지 파악하기 힘들다. 증여는 1~50억 원, 상속은 1~100억 원 이런 식으로 뭉뚱그려 발표하기 때문이다. 토마 피케티(Thomas Piketty)의 『21세기 자본』에는 프랑스의 경제적 불평등에 상속이 어떤 영향을 끼쳤는지 자세히 다뤘다. 1790~2030년까지의 예상치를 보면 전 연령에 걸쳐 평생 노동소득을 올린 사람과 같은 액수를 상속받는 사람의 비율은 10%였지만, 이후 점차 줄어들어 전쟁이 한창이던 1900년대 초반에는 이 비율이 2%로 줄어들었다. 하지만 상속받는 사람들의 비율은 1950년 5%를 넘기고, 1970년에는 무려 12%로 크게 뛰어 이후에도 줄어들 기미를 보이지 않았다. 2013년에 13%로 조금 더 올랐고 2030년에는 15%를 기록할 것으로 예측된다. 현재 프랑스 상속세 최고세율은 60%로 상당히 높은 편이고, 75%로 높이려는 시도도 계속되고 있다.

상속이나 증여가 대단한 수준이 아니라고 해도 오직 노동소득으로만 살아야 하는 (프랑스를 기준으로) 85%

의 사람들 중에서 실업률을 적용하고 비정규직과 정규직을 구분해서 산출된 상당수가 오늘보다 나은 내일이 아닌 '오늘보다 못한 내일'을 걱정하며 살아간다. 결혼도 연애도 생계에 우선할 순 없다.

결혼하지 않기로 한 비혼족, 결혼을 지금은 할 여력이 안 되는 미혼족들에게 출산율 저하의 원인을 따지는 건 큰 도움이 안 된다. 이미 결혼한 기혼자들에게 출산장려 정책을 강하게 써야 한다는 주장들도 많다. 다만 효과가 있을지는 의문이다. 한국보건사회연구원 보고서에는 2018년 15~49세 기혼 여성이 원하는 자녀 수는 2.16명이었지만, 이미 자녀가 있는 이들은 그 수가 1.92명으로 줄었다. 아이를 낳고 보니 보이는 문제점들이 있다는 뜻으로도 읽힌다. 아이들을 어린이집에 보내려고 부부가 휴가를 내고 '어린이집 입소 추첨'에 참가하고, 1년 전부터 입소 대기를 하라는 조언도 있다. 비미족에게 결혼과 출산을 권하려면, 그전에 이런 문제부터 해결해야 하지 않을까?

커리어를 쌓을 때
생기는 일들

A 씨는 누구나 한 번은 이름을 들어봤을 글로벌 기업의 한국지국에서 4년여간 일했다. 평균 연봉도 높지만, 특히 초임이 국내기업의 두 배 정도 되는 곳이다. 30대 후반이던 A 씨는 입사 직후 만난 동료들로부터 "이 회사를 나가기 전까지는 결혼하지 못할 것"이라는 불길한 예언을 들어야 했다. A 씨는 자신이 근무했던 4년 동안 꽤 많은 수의 비미족 동료들이 들어왔지만 단 한 명도 결혼하지 않았고, 회사를 그만두거나 경쟁이 다소 적은 다른 회사로 옮기고서야 결혼하는 것을 지켜보면서 농담으로 취급했던 불길한 예

언이 실은 진실이었다는 사실을 깨달았다. 20~50대 직원까지 골고루 근무했던 지국의 전체 직원 중 기혼자 수는 10%가 안 됐다. "(비미족이 많은) 가장 큰 이유는 회사에 인재가 많고, 그만큼 경쟁이 치열했기 때문이다. 한국 지국만 그랬던 것도 아니고 적어도 아시아 지역 내에서 근무하는 직원들 중에서 한창 일을 열심히 하는 시기에 결혼하는 경우는 손에 꼽는다."

경력 관리를 이유로 결혼하지 않는 비미족이 많다는 게 기존 학자들의 주장이었다. 미국 노스웨스턴대학교(Northwestern University)에서 미디어 전공을 가르치는 로라 키프니스(Laura Kipnis) 교수는 『사랑에 반대한다』라는 책에서 "혼자 사는 사람들 가운데 야심 찬 사람들의 (안정된 관계를 기피하는 이유에 대한) 대답은 아주 명쾌했고, 바리케이드를 쌓는 것과는 거리가 멀다. 그들은 자유로운 시간을 직장에서 보내고 있었다"라고 주장했다. 또한 저명한 미래학자인 대니얼 핑크(Daniel Pink)는 저서 『새로운 시대가 온다』에서 "다양한 분야의 1인 기업가들은 자신을 일에 완전히 쏟아붓기 때문에 이들의 성공 여부는 대기업에서 주는 혜택이 아니라 각자의 노력에 달려 있다"라고 주장했다. 하지만 이 책에 나오는 어느 1인 기업가의 말은 미래를 살짝 보여주는 복

선처럼 느껴진다. 그는 "독립적으로 일할 때 가장 나쁜 점은 24시간 일해야 한다는 것이고, 가장 좋은 점은 어느 24시간을 쓸지 선택할 수 있다는 것"이라고 말했다. 자유는 때로 불안한 것이 사실이지만, 일하는 시간만큼 돈을 벌고 능력을 키울 수 있다는 것은 불안이라는 수준을 뛰어넘어 때로 건강을 위협하기도 한다.

무엇보다 실제로 두 학자의 경력 관리로 바빠 결혼하지 않는 싱글에 관한 주장은 각각 2002년, 2004년에 나왔다. 뉴욕대 사회학과 교수인 에릭 클라이넨버그(Eric Klinenberg)는 2012년 『고잉 솔로』라는 책에서 "혼자 사는 사람들이 30대 중후반이 되면 왜 나는 아직 결혼 상대를 찾지 못했는지, 찾았다면 더 행복했을지와 같은 질문을 던지기 시작한다"라고 지적했다. 클라이넨버그 교수는 7년 동안 혼자 사는 1인 거주자 300명을 심층 인터뷰했다. 이렇게 '일과 결혼했다'는 21세기 초의 노동 환상에는 금이 간 지 오래지만, 여전히 한국에선 '스타트업에서 일하려면 모든 것을 바쳐야 한다'거나 '장인이 되려면 워라밸(Work-Life Balance: 일과 삶의 균형)을 포기해야 한다'는 주장이 나온다. 심지어 '일본의 52시간 근무제도처럼 예외 사항을 더 많이 넣어야 한다'는 잘못된 정보를 주요 매체가 보도하기도 한다. 일본의 주 52시간 근무제도에는 예외 조항이 달려있긴 하지만 특정한 기간, 업종, 상황까지 모두 명확하게 정해져 있다.

한국도 예외는 아니다. 한국보건사회연구원이 2019년 2월 발간한 「미혼인구의 결혼 관련 태도」라는 보고서의 결론은 이렇다.

"결혼에 대한 인식 및 배우자의 조건에 대한 태도에서는 성별 차이가 확인되는 가운데, 청년이 처한 사회경제적 특성도 반영되는 것으로 확인되었다. 우리 사회의 미혼화는 저출산의 원인이라는 사회문제가 아닌 청년 삶의 변화라는 맥락에서 이해되어야 한다."

주목할 점은 청년이 처한 사회경제적 특성이다. 결과부터 보면 우리 사회에 비미족의 등장 시점은 2000~2005년이다. 이 기간 20대 후반 여성의 미혼율은 20대 40.1%에서 59.1%로 무려 20% 포인트 상승했다. 한국 사회에서 2000년 이전에는 60% 이상의 여성이 만 30세 전에 결혼했지만, 그 이후로는 이 비중이 반토막 났다. 남성의 경우는 다소 다르다. 30대 초반대 남성의 미혼율이 28.1%에서 41.3%로 역시 급증했지만, 증가폭은 13.2% 포인트로 여성보다 낮았다. 다만 남성의 미혼율 증가세는 25~44세까지 전 연령층에서 비교적 고르게 진행됐다. 보고서는 여성의 경제활동 참여율이 급격히 상승한 시기로 정의한다. "2000년대 초는 여성의 학력 수준이 빠르게 높아지고 산업구조의 변동 등에 의해 전문직 분야 등에서 여성, 특히 20대 후반과 30대 초반 대졸 이상 학력 여성의 경제활동 참여율이 급격히 상승했다."

2015년 조사 결과에서는 결혼에 대한 긍정적 응답률이 남성은 60.8%, 여성은 39.7%였다. 이는 2018년과 비교해 남녀 각각 10.3% 포인트, 10.9% 포인트 낮은 수치이다. 결혼의 장점이 갈수록 사라진다는 증거다. 여성은 특히 결혼을 가장 많이 하는 시기인 30대 초반부터 결혼에 대한 유보나 부정적 태도가 많이 늘어났다. 보고서는 30대 초반 여성들의 이런 태도를 "결혼 적령기를 지나면서 직간접적인 경험을 통해 부정적 태도가 쌓여가는 것일 수 있다"라고 추측한다. 우리는 미국의 예를 접목할 수밖에 없다. 이 보고서는 2018년 「전국 출산력 및 가족 보건 복지 실태조사」 결과 중에서 비미족 남녀 부문을 보강 조사했다는 태생적 한계가 있어 몇 가지 보강이 필요하다. 20대 후반, 30대 초반 여성이 다른 연령대 여성들과 가장 두드러진 차이를 보이는 것은 바로 '일하는 여성들의 비율이 가장 높다'는 사실이 빠져있다. 2017년 통계청 「경제활동 인구 조사」를 보면, 25~29세 여성 고용률은 69.6%로, 45~49세의 69.7%에 이어 두 번째로 높았다. 30~34세 여성 고용률도 61%로 굉장히 높았다. 특히 2007년과 비교해 보면 30대 초반 일하는 여성 비율은 52.2%에서 61%로 8.8% 포인트나 늘어났다. 여성 취업자의 근속연수가 가장 긴 분야는 부동산 및 임대업, 숙박 및 음식점업, 보험업 순인데, 40대 후반의 높은 고용률의 원인으로 보인다. 한국의 여성 노동참여율은 2000년 이후 크게 늘었지만, 국제적으로 보면 낮은 상태다. 서울대 사회복지학과 구인회 교수는 최근 『21세기 한국의 불평등』이란 저서에서 우리나라 15~64세 여성의 경제활동 참여율은 2011년 기준 54.9%로 OECD 평균보다 7% 포인트 이상 낮고, 70%를 넘는 북미 국가들과는 비교할 수 없을 정도라며 "여성 경제활동 참가는 가구주의 낮은 소득을 보완하려는 경향이 강하다"라고 말했다. 구 교수는 "교육과 직업이 비슷한 이들끼리 결혼하는 동질혼이 유교주의적 아시아 국가들의 특징이고, 이 중에서도 한국이 가장 이런 정도가 강하다"라며 하지만 이런 경향이 점차 줄어들고 있다고 주장했다.

미국의 여론조사기관인 퓨 리서치 센터(Pew Research Center)는 2017년 현재 20~30대 여성들의 취업이 어느 시대보다도 높은 이유를 교육에서 찾았다. 현재 20대 초중반에서 30대 중반에 이르는 밀레니얼 세대 여성의 4년제 대학 졸업 비율은 36%지만, 이보다 50년 전의 이른바 '침묵 세대' 여성들이 이 연령대였던 당시 취업률은 9%에 불과했다. 밀레니얼 세대 여성들의 고용률은 71%에 달한다. 경제적 자립을 거치면서 이들의 비미족 비중은 무려 57%에 달하는데, 이는 침묵 세대 여성들이 20~30대던 당시보다 무려 3배가 높다. 경영전문지 하버드 비즈니스 리뷰(Harvard Business Review)도 이곳에서 경영대학원(MBA)를 받은 모든 이들을 조사해 '야심 찬 여성에 관해 당신이 다시 생각해봐야 할 것들'이란 기사를 발표했다. 이 기사는 남녀 간 자신의 커리어를 중시하는 비율이 다르고, 특히 여성 졸업생은 대부분 가족으로부터 얻는 행복을 중시하고 있어 이 부분에서 남성 졸업생들과 다르다는 게 핵심이다. 대부분의 남성 하버드 경영대학원 졸업생들은 자신의 커리어를 위해서 배우자(여성)가 도와주길 바라는 비율이 높았다. 반면 40대 여성 졸업생은 "20대에는 직장에서 성공하는 게 성공의 정의였다"라며 "하지만 지금은 아이를 낳고, 가족으로부터 행복을 얻으며 의미 있는 일을 추구하는 게 성공이라고 생각한다"라고 말했다. 이는 결혼에 대해 부정적인 생각을 하는 사람들이 남성은 전 연령대에 걸쳐있는 것과 달리, 여성은 한창 직장 생활을 해야 하는 나이 때에 몰려있는 이유에 대한 해답이 될 수 있다. 배우

자의 희생을 원하면서 자신의 일을 더욱 중요하게 여기는 남
자들의 숫자와 직장 내 압박감은 줄여주고, 여성의 경제활동
과 임금을 늘려(임금격차 해소) 가구 소득을 높이는 것이 저출
산의 궁극적인 해결책이다.

3

히틀러와 무솔리니도 애용한
미혼 차별 도구 '세금'

누구는 '13월의 월급날'이라고 부르는 소득세 연말
정산은 1월 중순 시작한다. 한 정보기술(IT) 관련 인터넷 커
뮤니티에는 "지난해 100만 원 넘게 환급을 받았는데, 올해
는 16만 원 받을 것 같다"라거나 "4년 만에 처음으로 세금
을 더 내야 할 것 같다"라는 게시물이 심심찮게 보였다. 이들
의 공통점은 무엇일까? 미혼 1인 가구 중에서도 소득 및 세
액 공제를 받을만한 게 별로 없는 이들이다. 그렇다면 실제 통
계는 어떨까? 필자가 확보한 한 회사의 2017년 연말정산 결
과 통계는 '독신세'의 존재를 증명해준다. 중견그룹 계열사

인 이 회사의 2017년 연말정산 대상자 중 소득세 추가 추징을 받은 직원 비율은 7%였다. 이 회사 인사담당자는 "회사 정책상 세금 추가 추징을 줄이려는 편이라서 대상 숫자가 적은 편"이라고 말했다. 문제는 이 회사 추가 추징자의 23%가 미혼 1인 가구 즉 독신 가구라는 점이다. 2017년 전체 가구의 28.5%가 1인 가구였지만, 전체 인구에서 독신 가구가 차지하는 비율은 10%인 500만 명대에 불과하다. 그렇다면 추가로 세금을 내는 독신 가구원의 비율도 10%여야 맞다. 하지만 세금을 더 내야 하는 독신 가구는 단순 계산해도 기혼 가구보다 2.3배나 많았다.

독신 가구의 소득이 기혼 가구보다 많아서가 아니다. 오히려 저임금 직장인들이 훨씬 더 많다. 이윤주 서울시청 공인회계사와 이영한 서울시립대 세무학과 교수가 2016년 발표한「가구 유형에 따른 세 부담 차이 분석」논문은 사실상의 독신세가 어떤 식으로 효력을 발휘하는지 분석했다. 부양 자녀가 없는 경우 독신 가구의 근로소득은 연 4,000만 원 이하에 집중돼있고, 부양 자녀가 없는 외벌이 가구는 6,000만 원 이상 구간에 몰리는 점도 눈에 띈다(그래프 참조). 그럼에도 중간소득 구간(4,000~6,000만 원) 기준 독신 가구의 평균 유효세율은 2.88%로, 1.24%인 기혼 가구의 두 배가 넘었다. 소득

과도 특별한 관련성이 없다는 뜻이다. 독신 가구는 소득 및 세액공제의 차이로 외벌이 4인 가구보다 평균 1.64% 포인트 더 높은 세율을 적용받아 연간 약 79만 원의 세금을 더 냈다. 독신 가구는 자녀가 없는 외벌이 가구(2.53%)보다도 세율이 0.35% 포인트(약 14만 원)나 더 높았다. 요약하면 독신 가구는 혼인하지 않은 죄로 0.35% 포인트, 자녀가 없는 죄로 1.30% 포인트 더 높은 세율을 적용받는다.

부양자녀가 없는 경우 독신과 외벌이가구의 세율 차이 (단위: %, 원)

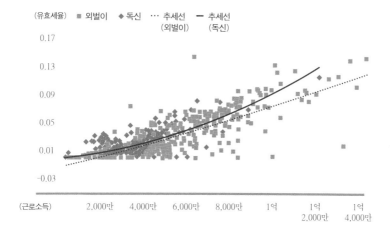

자료: 한국조세재정연구원

솔로들을 겨누는 세금과 불이익의 칼날은 고대 로마에도 존재했다. 독신세의 역사는 우리 생각보다 무척 길고, 그 본질은 폭력적인 차별에 기초하고 있다. 역사적으로 독신세를 부과할 수 있을 정도의 힘을 가진 정치 체계는 왕권 국가나 그에 맞먹는 독재 정권이었다. 사료에 남은 독신세 부과 국가 중 가장 오래된 곳은 제정 로마다. 황제가 된 아우구스투스는 미혼남녀에게 수입의 1%를 독신세로 과세했다. 평생 독신으로 살면 상속 권한이나 선거권까지 빼앗았다. 로마 제국은 군대를 중심에 두고 끊임없이 식민지를 팽창해 나갔다. 군대는 로마에서 태어난 시민들을 징병해 유지했다. 새로운 식민지를 만들면 현지에서 세금을 받을 수 있기 때문에 로마의 독신세는 세금 문제가 아닌 군인 양성에 초점을 둔 정책적 판단으로 봐야 한다.

근·현대로 넘어와 독신세를 부과했던 이들의 이름을 살펴보면 히틀러(Hitler), 무솔리니(Mussolini), 루마니아의 차우셰스쿠(Ceausescu)와 같은 악명 높은 독재자들이 눈에 띈다. 가장 노골적으로 '반독신 정책'을 펼쳤던 히틀러의 독일을 보면 수천 년이 흘러도 제정 로마 시대의 논리와 크게 달라지지 않았음을 알 수 있다. 역사학자 리차드 에반스(Richard Evans)는 『제3제국의 집권』이란 저서에서 히틀러의 독신세가 그가 우월한 유전자라고 칭한 순수 독일계 혈통의 아이들을 더 많이 확보하기 위해서였음을 지적한다. 히틀러는 독일인이 대출을 받았을 때 전체 대출금의 1%에 해당하는 이자를 더 부과했고, 아이를 한 명씩 낳을 때마다 추가 이자 부담금에서 25%씩을 경감해줬다. 아이를 4명 낳으면 추가 이자는 없어진다. 나치 세력은 1934년 인종 정책을 좀 더 세밀하게 다듬어 미혼 남성과 아이가 없는 부부에게 세금을 더 내도록 했다. 독일의 인종 정책 부처는 당시 "당신이 독일인이라는 것을 잊지 말라. 순수 독일 혈통과 결혼해 최소한 4명 이상의 아이를 낳아라. 아이들을 조국의 미래 자산으로 만드는 게 독일인의 의무다"라는 결혼 관련 가이드라인을 발표했다. 독일은 이 가이드라인 발표 1년 후 뉘른베르크(Nuremberg) 법안들을 내놓는다. 이 중 근간이 되는 법안의 정식 명칭은 '독일인의 피와 명예를 지키기 위한 법률'이었다. 이 법은 유태계 독일인 학살의 법적 근거였다.

문제는 왜 지금까지 이처럼 폭력적이고 차별적인 독신세가 사실상 존재하고 있느냐다. '결혼이 특권이 된' 현대 사회에서 소득이 적고 세제상 혜택받을 것도 미미한 미혼 1인 가구에는 독신세 대신 독신 보조금을 줘도 모자라다. 괴팍한 주장이 아니다. 뉴욕타임스(The New York Times)

는 2018년 '결혼은 어떻게 미국 사회에서 특권이 됐나'라는 제목의 기사에서 "한때 이 나라에서 소득이나 교육 수준과 관계없이 가족을 구성하는 가장 흔한 방법이었던 결혼은 이미 특권층의 생활방식이 됐다"라고 보도했다. 실제로도 결혼은 경제적인 면에서 특권이라고 충분히 볼만하다. 온라인 경제매체 조선비즈는 2017년 11월 '결혼도 이제 특권'이란 시리즈 기사에서 "30대 남성의 월 소득이 100만 원씩 올라갈 때마다 결혼할 확률이 12.4% 포인트씩 올라가고, 비정규직 남성이 결혼을 못 할 확률은 정규직보다 18.5% 포인트 더 높다"라고 분석했다. 이 기사는 한국노동연구원이 작성하는 2015년 「한국노동패널의 18차 패널 조사」결과를 활용했다.

심지어 독신세는 조세의 원칙에도 어긋난다. 애덤 스미스(Adam Smith)는 『국부론』에서 조세의 원칙으로 예외나 특권을 허용하지 않는 '평등', 과세 대상과 세율을 분명히 해야 하는 '확실성' 등을 제시했다. 하지만 「가구 유형에 따른 세 부담 차이 분석」 논문은 "우리나라 소득세 공제제도는 인적공제나 특별공제가 가족 중심으로 설계돼 있고, 출산장려정책 등 (기혼 가구의) 공제제도가 확대되는 경향이 있다"라며 "상대적으로 독신 가구의 세 부담이 높아 별도의 독신세를 부여하지 않아도 현 제도상 독신 가구에 실질적으로 독신세가 부과되고 있다"라고 결론지었다. 그럼에도 독신세를 부과하자는 주장이 국내·외 할 것 없이 주기적으로 나오고 있다. 2018년 일본에서는 한 번도 결혼하지 않은 생애 독신자의 비율이 크게 증가하면서 한 여성단체 회원이 독신세를 부과하자고 주장해 논란이 됐다. 국내라고 다를 바 없이 주기적으로 한 번씩 독신세 관련 논쟁이 붙곤 한다. 1인 독신 가구주들의 연대를 기대해본다.

4

워라밸을 지켜주는 노동자에게
워라밸은 없다

　　직장을 다니는 비미족의 삶도 다른 직장인들과 다
를 게 없다. 워라밸을 꿈꾸고, 저녁이 있는 삶을 추구한다. 외
국어 공부를 한다거나, 요가 수업을 듣고 나서 허브티 한 잔
을 앞에 놓고 독서도 하는 그런 삶을 원한다. 하지만 회식
도 하고, 야근도 하다 보면 어느새 냉장고 속에 들어있는 식재
료가 까맣게 썩어있는 걸 뒤늦게 발견하고, 이번 주에 한 번
도 바닥 청소를 하지 않았다는 사실을 깨닫는다. 이런 깨달음
은 불금을 보낸 이튿날 늦잠을 자고 난 다음일 확률이 높다.
가사 노동은 해보지 않은 사람은 익숙해지기도 어렵고, 미숙

한 가사 노동은 고욕인 동시에 주말 하루를 반납해야 할 정도의 시간이 필요한 일이다.

통계청이 2016년 발표한 「한국인의 생활시간 변화상」에 따르면 2014년 성인 남녀의 가사 노동 시간은 평일 기준으로 남자는 39분, 여자는 3시간 25분에 달한다. 토요일은 남자 1시간 1분, 여자 3시간 37분이고, 일요일은 남자 1시간 13분, 여자 3시간 33분이다. 1999년과 비교하면 남성의 주말 가사 노동 시간은 약 두 배 가까이 늘어났고, 여자는 약 30분 정도 줄어들었다. 여기서 비미족이 주목해야 할 부분은 전체 가사 노동 시간이다. 남녀 가사 노동 시간의 총량은 지난 15년간 전혀 변하지 않았다. 과거 세탁기 등이 처음 대중화됐을 때 이미 가사 노동 시간과 노동 강도가 크게 줄어든 이후 실제 노동 시간 자체는 줄어들지 않는 일종의 정체기에 빠진 셈이다.

가사 노동계의 1차 혁명이라고 할만한 발명품들은 세탁기, 냉장고, 진공청소기 그리고 미국의 경우 식기세척기다. 하지만 그보다는 조금 더 거슬러 올라가야 한다. 가전제품이 등장할 수 있었던 데는 너무나 당연하게도 전기의 보급이 필수적이기 때문이다. 1차 산업 혁명의 산물인 증기기관은 전기를 포함한 모든 종류의 에너지를 공급할 수 있지만 그 규모가 어마어마했다. 증기가 돌리는 엔진은 강철로 만든 중심 구동축을 돌려 에너지를 만들고, 벨트와 기어로 보조축을 연결하면 어떤 산업용 기기도 구동시킬 수 있었다. 하지만 이는 거대한 공장의 얘기다. 가정에 필요한 전기 발전소는 토마스 에디슨(Thomas Alva Edison)이 전구를 발견한 직후인 1980년대 뉴욕 맨해튼 월스트리트(Wall Street)에 처음 세워졌다. 에디슨은 전기를 상품으로 팔기 시작했다. 전기 발전소가 증기기관을 대체한 건 30년이 지난 1910년대부터였다. 이제 공장들도 직접 에너지를 만들지 않고 주변 전기 발전소에서 전기를 끌어와 라인을 돌렸다. 가전제품의 역사 혹은 가사 노동의 1차 혁명은 이때부터 시작됐다.

톰 잭슨(Tom Jackson)의 저서 『냉장고의 탄생』에 따르면 최초의 냉장고를 1903년 프랑스의 수도사 아베 마르셀 오디프렌(Abbe Marcel Audiffren)이 이산화황을 사용해 만들었다고 한다. 전기를 이용한 첫 냉장고는 미국의 가전회사 제너럴일렉트릭(GE)이 1911년 특허를 내고 판매를 시작했다. 문제는 가격이었다. 당시 전기냉장고는 자동차 두 대 값인 1,000달러에 팔렸다. 전기는 모터를 돌리고, 공기압축기인 컴프레서를 가동했다. 그러나 가격이 비싸서 1920년대 중반까지만 해도 전기냉장고는 일반적인 가전제품은 아니었다.

1930년대를 지나 1940년대가 되면서 미국 가정의 절반 정도가 냉장고를 갖게 됐다. 냉장고는 식품 손질과 폐기, 장보기 문화를 뒤흔들었다. 현재 유행하는 간편식의 원조인 냉동식품도 등장했다. 상온에서 음식을 보관하는 통조림의 역사는 물론 꽤 길다. 지금과 비슷하게 열처리를 거쳐 식품을 보관하는 특허는 1810년대에 이미 존재했다. 다만, 1960년대가 되면서 냉동식품 등 식품의 산업화가 시작됐다. 경제학자 팀 하포드(Tim Harford)는 『경제학 팟캐스트』란 책에서 "냉동식품이 상징하는 식품 산업화 현상은 여성들을 집안일에서 해방시켜 사회생활을 계속할 수 있도록 만들어주었지만, 높은 칼로리를 쉽게 섭취하도록 함으로써 허리둘레를 크게 증가시켰다"라고 기술했다.

이어서 진정한 가사 노동계의 혁신 제품이 등장한다. 전기세탁기다. 최초의 세탁기는 1797년 미국인 너새니얼 브릭스(Nathaniel Briggs)가 특허를 획득한 손잡이 달린 회전통 세탁기였다. 1869년에는 손잡이로 회전축에 고정된 4장의 날개를 돌려 물이 고루 섞이게 하는 교반식 세탁기가 나왔다. 하지만 세탁 효과가 그리 좋지는 않았다. 세탁기의 확산에 결정적인 역할을 한 것은 소형 전동 모터였다. 1914년 손으로 돌리는 손잡이에 전동 모터가 처음으로 장착되기까지 걸린 시간은 무려 117년이었다. 1920년대에는 전동 모터가 달린 드럼식 세탁기가 대량 보급됐다. 교반식 세탁기와 달리 드럼식 세탁기는 세탁물이 담긴 드럼통이 직접 회전하는 방식으로, 드럼통이 방향을 달리하며 돌았기 때문에 세탁물이 엉키거나 뭉치지 않아 세탁 효과가 뛰어나면서도 효율적이었다. 1937년에는 벤딕스(Bendix)사가 최초의 전자동 세탁기 특허를 획득했다. 오늘날과 같이 앞에서 세탁물을 넣는 구조의 드럼 자동 세탁기는 1940년에 선보였다.

가사 노동을 돕는 가전기기들은 대부분 미국에서 만들어지고 대중화됐다. 그렇다면 미국의 가사 노동 시간은 우리와 비교했을 때 과연 얼마나 더 줄어들었을까? 결론부터 말하면 주거 형태와 면적이 우리와 다르다고는 해도 미국인들의 가사 노동 시간은 오히려 우리보다 많다. 2018년 OECD 조사에 따르면 미국에서도 정도의 차이는 꽤 많이 있지만, 기본적으로 여성의 가사 노동이 남성보다 눈에 띄게 많다. 미국 남성들은 하루에 2시간 30분, 주당 17시간 30분 가사 노동을 하는데, 여성은 하루에 4시간 3분, 주당 28.4시간을 가사 노동에 쓴다. 미국 노동부에 따르면 미국인들의 시간당 평균 임금은 26달러 82센트 즉 약 3만 원이다. 연봉으로 환산하면 미국 여성의 가사 노동 가치는 무려 4,400만 원이다.

그래서 앱으로 집 청소를 예약하고 결제하는 O2O (Online to Offline) 청소 서비스들이 2010년대 초반 미국을 중심으로 대거 등장했다. 하루에 무려 4시간에 달하는 가사 노동 시간을 몇 만 원에 해결해주는 청소 서비스는 등장부터 투자자들의 주목을 받았다. 가히 가사 노동계의 2차 혁명이라고 부를 수 있을 것 같았다. 청소 서비스 업체인 홈조이(Homejoy)는 2012년 미국에서 창업해 무려 4,000만 달러에 달하는 투자를 받았고 초반에는 경쟁사 핸디(Handy) 등과 함께 이용자도 많았다. 하지만 2015년 폐업했다. O2O 서비스는 필연적으로 시간 단위로 일하는 초단기 인력의 힘으로 돌아가는데 이런 식의 긱 경제(Gig economy)*는 아직까지 법률적으로 해결해야 할 문제가 많다. 홈조이의 창업자는 결국 소송 문제가 발목을 잡아 추가 투자를 받지 못해 폐업한다고 밝혔다. 기본적으로 O2O 서비스들은 차량이든 청소든 음식 배달이든 적자를 기본으로 한다. 최대한 많은 고객을 확보해 그다음 투자를 계속 받는 게 단기적인 목표기 때

---

* 기업들이 필요에 따라 단기 계약직이나 임시직으로 인력을 충원하고, 일한 만큼 그 대가를 지불하는 형태의 경제를 말한다.

문이다. 국내에서도 여러 O2O 청소 서비스 업체들이 영업하고 있지만 이런 기업들이 가사 노동계의 2차 혁명의 주역이 되려면 아직 해결해야 할 문제들이 많다. 대표적인 게 이른바 긱 경제에서의 파편화된 노동이다. 이렇게 시간 단위로 일하는 노동자가 많아질수록 개인의 소득은 더 줄어든다. 소득이 없으면 워라밸이 아무리 좋다고 해도 소용이 없다.

5

반려동물은 신기루일까.
돈과 시간이 있어도 혼자서 키우긴 힘들다

　　직장인 방지예 씨의 하루는 고양이들과 시작해 고양이들과 끝난다. 방 씨는 고양이 네 마리를 키운다. 첫째 레이니(6살 러시안 블루 수컷), 둘째 밤이(4살 데본렉스 암컷), 셋째 참이(4살 데본렉스 암컷), 넷째 보이니(3살 먼치킨 수컷)다. 아침을 여는 건 4남매의 막내 보이니다. 보이니는 규칙적인 고양이다. 새벽 5시 30분이면 방지예 씨 침대로 올라와 골골거리며 얼굴을 툭툭 친다. 방 씨가 눈을 떠보면 맏이 레이니는 이미 캣 휠(Cat Wheel)* 위에서 아침 운동에 한창이다. 방 씨의 하루는 고양이 4남매의 물통과 사료통, 화장실을 청소하면서 고양이들 건강 상태를 체크해 메모해두는 것으로 시작한다. 사료를 많이 남기는 일이 잦으면 병원에 데려간다. 오전 6시 30분부터는 건강 상태 체크 겸 놀이 시간이다. 4마리당 각 10분씩 낚싯대 장난감으로 실컷 놀아준다. 고양이들이 좋아하는 튜브형 간식 '츄르'를 엄지손톱 크기만큼 짜서 나눠주며 눈, 코, 피부 상태를 체크하고 메모해둔다. 방 씨가 출근하기 위해 집을 나서는 아침 7시 30분까지 2시간의 대부분은 고양이 4남매들을 위해 쓴다.

서울 마포구 공덕동에서 성태윤커피하우스를 운영하는 박미나 씨도 하루를 고양이 3남매와 함께 시작하고 마무리한다. 박미나 씨의 '고양이 집사 생활'은 2012년 부산 서현 도로에서 암컷 아기 고양이를 발견하면서부터 시작됐다. 이후 결혼한 언니가 아이를 낳으면서 러시안 블루종인 모리(수컷)를 데려왔고, 2017년 거리에서 웅이를 만나면서 고양이 3남매를 건사하고 있다. 박 씨가 반려묘들을 받아들이는 기준은 단 하나다. 그는 "주로 내가 아니면 누구도 키우지 않을 것 같은 아이들을 데려왔다"라며 "웅이는 길에서 생활해온 습관이 아직도 그대로지만 보기에 예쁜 고양이는 아

---

* 고양이가 운동할 수 있게 만들어놓은 쳇바퀴

니라서 누구도 데려가지 않을 것 같았다"라고 말했다. 간식, 장난감 등에 나가는 비용도 최소화한다. 길에 버려진 고양이들을 데려오면서 병원비만 300만 원이 넘게 나갔기 때문이다. 박미나 씨는 "개인적으로 어려운 일을 겪던 무렵 고양이를 키우기 시작했다"라고 말했다. 그래서 이들로부터 힐링을 얻었냐는 질문에 그는 "그보다는 내가 어떻게든 어려움을 뚫고 나가야 이 아이들을 건사할 수 있다는 책임감을 통해 얻은 게 더 많다"라고 말했다.

　　1인 가구 비미족들 사이에서 반려동물에 대한 관심이 갈수록 높아지고 있다. 최근 KB금융지주 경영연구소의 「2019 한국 1인 가구 보고서」에 따르면 현재 반려동물을 키우고 있는 1인 가구는 전체의 10.6%였지만, 앞으로 키우고 싶다고 한 이들은 무려 41.5%에 달했다. 예비 반려동물 양육자의 비율이 현재 양육자보다 4배 이상 많다는 건 그만큼 시장 성장 가능성이 크다는 얘기다. 전체 가구로 확대해 보면 25.1%는 '현재 반려동물을 기르고 있다'고 응답했다. KB금융그룹이 2018년에 발표한 「펫 팸(Pet Family)을 위한 생활백서, 2018 반려동물 보고서」에 따르면 현재 전체 가구에서 양육하고 있는 반려동물은 개(75.3%)·고양이(31.1%)·금붕어 또는 열대어(10.8%, 이상 복수 응답) 순이었다. 양육 중인 반려동물의 수는 '개 1마리(86.3%)', '고양이 1마리 (69.0%)' 등 1마리인 경우가 가장 많았다. 2마리 이상 기르는 가구는 고양이(30.9%)가 개(13.8%)보다 많았다.

반려동물의 시대는 왔지만, 여전히 한국의 비미족들에게는 여러 가지 이유로 장애물이 존재한다. 「2019 한국 1인 가구 보고서」에 따르면 1인 가구의 절반이 반려동물 양육의 어려운 점으로 "혼자 두고 출근이나 외출하기에 어려움이 있다"라고 답했다. '위행 청결 관리의 어려움'과 '건강 질병 관리의 어려움'을 장애물로 꼽은 이들도 각각 20.3%, 15.1%에 달했다. 다만, 아직 반려동물을 키워보지 않았기 때문에 소음이 발생하는 문제에 대해서는 3.8%만이 장애물로 꼽았다. 그러나 이 또한 만만한 문제는 아니다. 반려견과 반려묘로 양분된 상황에서 특히 반려견을 키운다면 집을 비웠을 때 주변 이웃들이 가장 크게 신경 쓰는 건 무엇보다 소음이다. 직장인 A 씨는 지난해 추석 때 부모님이 여행을 떠나며 반려견 2마리를 돌봐주다가 이웃들의 강한 항의를 받았다. A 씨는 "평소 부모님들이 이런 사실을 알리지 않아서 알지 못했다"라고 말했다.

또 다른 현실적인 장애물은 비용이다. 방지예 씨는 사내식당에서 식사를 해결하는 경우가 많다고는 해도 고양이 4남매의 월 식비로 자신의 식비보다 3배가 많은 70만 원을 지출한다. 방 씨는 반려묘들에게 물을 주는 장비에만 40만 원을 넘게 들였다. 파이오니아 스테인레스, 세라믹 정수기가 각 12만 원, 펫데이즈 차밍 정수기 5만 원, 고양이 수반은 장조림 포터리에서 8만 원, 스튜디오 올리브에서 4만 9천 원에 구입했다. 고양이 전용 화장실에 쓰는 모래에 쓰는 돈만 한 달에 12만 원이다. 「펫 팸(Pet Family)을 위한 생활백서」에 따르면 반려동물 양육 가구가 고정적으로 소비·지출하는 금액은 반려견의 경우 월 10만 3천원, 반려묘는 월 7만 8천 원이었다. 지출 비용 중에선 사료비·간식비의 비중이 가장 컸고, 질병 예방·치료비, 일용품(미용·위생용품 등) 구매, 미용비, 패션 잡화 구매 순이었다. 질병 예방·치료비와 미용비, 패션 잡화 구매는 고양이보다 개를 키울 때 상대적으로 더 많은 지출을 했고, 장난감 구매와 위생 제품·서비스 구매는 고양이를 키울 때 더 많이 썼다.

그렇지만 방지예 씨는 고양이 4남매를 기르기 전의 삶을 상상할 수 없을 만큼 지금 행복하다고 말한다. "그 어떤 존재도 이 아이들만큼 내게 행복감, 충만함을 주지는 못할 것 같다. 내 돈과 시간 대부분을 투자해야 하는 일이지만 (고양이 4남매가) 주는 기쁨이 정말 커서 모두 상쇄된다." 앞선 펫팸 보고서에 따르면 반려동물 양육 가구의 85.6%

는 '반려동물은 가족의 일원'이라는 말에 동의했다. 특히 60대 이상에서는 89.1%가 동의하는 등 연령대가 높아질수록 반려동물을 가족처럼 생각하는 비중이 높아졌다.

반려동물 시장 규모는 앞으로도 계속 커질 것으로 보인다. 미국 애완동물용품협회(APPA, American Pet Products Association)의 2018년 통계에 따르면 미국 전체 가구의 68%가 반려동물을 키우고 있으며 이는 조사가 처음 시작된 1988년에 비해 56%가 증가한 것이다. 미국의 경우 2017년부터 의료비가 크게 증가하면서 보험 가입 비율도 크게 늘었지만, 여전히 연평균 보험료가 약 27~55만 원을 상회해 반려견의 경우 10%, 반려묘는 5%만 보험에 가입된 상태다. 중국에서도 1인 가구가 증가하면서 반려동물 시장의 규모도 함께 증가하고 있다. 중국 칭다오의 코트라(KOTRA) 칭다오무역관은 현지 매체 전첨망(前瞻網) 자료를 인용해 2019년 중국 반려동물 시장 규모가 2017년보다 무려 27.5%나 증가한 1,700억 위안(약 2조 9천억 원)이라고 발표했다. 중국 반려동물 시장은 2010년 이후 50% 이상의 성장률을 기록한 해도 여러 번 있었다. 중국 애완동물연구소 조사에 따르면 반려동물을 키우는 중국인의 54.5%는 반려동물을 '내 아이'라고 부르며 자식처럼 생각하고 아껴주는 것으로 조사됐다.

출산율과 GDP

한 나라의 경제 규모를 측정하는 가장 기본적인 변수가 GDP(Gross Domestic Product: 국내총생산)다. 이 GDP의 순위로 국가 간 경쟁력 등 많은 것이 결정된다. 2019년 한국의 GDP는 1조 6,300억 달러로 전 세계 193개 나라 중에서 12번째로 많다. 기본적으로 경제가 3% 성장했다는 건 지난해보다 올해 GDP가 그만큼 많아졌다는 뜻이다.

GDP는 3가지 측면에서 산출할 수 있다. 첫째, 지출을 모두 더하는 '지출국민소득'이다. 가계소비 + 기업투자 + 정부지출 + 순수출이 GDP다. 가계소비는 일반 최종소비자들의 소비, 투자는 기업이 구매하는 상품이나 서비스, 순수출은 수출에서 수입을 뺀 것이다. 둘째, 생산을 모두 더하는 '생산국민소득'이 있다. 최종생산물의 가치를 다 더한 값이다. 셋째, 모든 소득을 다 더하는 '분배국민소득'이 있다. 생산 활동에 참가한 생산요소에 대해 지급되는 소득의 총액을 말한다. '국민소득 삼면등가의 원칙'이라는 말은 이 세 가지 방법으로 구한 국민소득이 모두 같다는 얘기다.

또한 GDP는 물가상승률을 고려하느냐 아니냐에 따라서 '명목 GDP'과 '실질 GDP'로도 나뉜다. 명목 GDP는 현재 재화의 가격에 생산량을 곱한 것으로 만약 모든 가격이 전년보다 두 배씩 올랐다면 GDP도 두 배가 된다. 이와 달리 실질 GDP는 재화와 용역의 생산량을 측정하되 가격의 변화에 영향을 받지 않도록 기준연도를 설정해 생산 가치를 불변가격으로 측정한다. 실질 GDP가 경제를 좀 더 잘 설명한다. 명목이든 실질이든 GDP는 실제 통계수치지만 잠재 GDP는 한 나라가 갖고 있는 모든 생산요소를 가동해 인플레이션 없이 순수하게 달성할 수 있는 가상의 성장률이다. 실제 성장률이 잠재 성장률을 웃돌면 경기 과열이고, 밑돌면 경기 침체라고 한다. 다만 잠재성장률은 공식적인 통계는 아니고 여러 가지를 고려한 전망치기 때문에 추정하는 곳마다 다소 다르다.

출산율이 문제가 되는 건 경제 전체의 생산량이 노동력과 자본, 기술혁신으로 결정되기 때문이다. 일할 사람이 줄어들면 생산설비가 충분해도 충분한 생산이 불가능하고, 무리하게 인력을 모으려면 높은 임금을 지불해야 하는데 이는 기업의 생산 비용을 높인다. 기업은 이 비용을 제품 가격에 전가할 것이며, 가격이 상승하면 다른 기업들과의 경쟁에서 질 수도 있고, 다른 기업들도 일제히 가격을 인상하면 결국 물가상승으로 이어질 수 있다. 일본의 경제평론가 가야 게이이치는 『경제학에서 건져 올리는 부의 기회』라는 책에서 "기업이 생산, 판매하려는 재화와 용역의 양을 나타낸 그래프인 총공급곡선은 인력 부족 현상으로 왼쪽으로 이동한다"라며 이렇게 풀어 얘기한다. "인력 부족 사태가 한층 더 심각해져서 높은 시급을 제시해도 노동자가 모이지 않을 경우, 기업은 생산을 재검토하는 단계에 들어간다. 그렇게 되면 아무리 수요가 있어도 공급이 그에 미치지 못하기 때문에 수입으로도 대체가 안 될 경우 GDP가 그만큼 감소한다. 공급 제한으로 경제가 둔화되는 것이다."

제 2 장

도전과 불안 사이

1

일의 본질은 고통?

언젠가부터 노동의 본질은 결국 고통이라는 생각이 들었다. 아이가 있고, 대출금이 있고, 지금의 사회적 지위를 놓고 싶지 않은 평범한 사람들은 이 고통을 책임감이라고 느끼지만, 타인의 존재나 시선에서 조금만 벗어나 오로지 나 자신만을 생각할 수 있다면 고통은 그냥 고통일 뿐이다. 그래서 국내 1호 '커리어 엑셀러레이터'인 김나이 씨를 만나 혹시 비미족에게 일의 본질은 고통이 아닐지를 물어봤다. 그는 2003년 현대카드에 입사해, 한국투자증권을 거쳐 JP모건 장외파생부 부장으로 일하다가 2014년 회사를 그

만둔 금융 엘리트였다. 벤처 투자 업계에서 엑셀러레이터
는 투자와 멘토링을 겸해 신생기업(스타트업)을 키워낸다. 김
나이 씨는 금융계를 포함해 사회 진출을 꿈꾸거나 이미 일하
고 있는 직장인들을 위한 커리어 코치, 멘토링을 하고 있다.
그를 찾아오는 사람들 상당수가 결혼하지 않은 이들이다. 그
는 "회사를 그만두고 공부를 더 하고 싶기도 했고 젊은 친구
들로부터 힘을 받으러 카이스트(KAIST) 수업을 들었는데 젊
은 친구들이 오히려 더 힘이 없었다"라고 말했다. 복도에
서 금융계 진출을 어떻게 해야 하는지 묻는 학생들이 늘어나
면서 카이스트에서 경력개발 세미나를 진행하기 시작했고, 직
장인들의 연봉 협상 시기나 취업하려는 학생들이 면접 인터
뷰가 있는 시기에 맞춰 특강을 했다.

그런데 우리가 연봉 협상이 가능한 사회인가?

최근에 현대자동차 실적을 보고 암담했다. 협력 업체
는 더 안 좋을 거다. '기업들이 버티는 것도 힘든 상황에서 연
봉 협상이 가능할까'라는 생각도 했다. 대기업에서 대기업으

로 이동한다면 사실 비슷한 연봉을 받겠지만, 대기업에서 스타트업으로 간다든가 하면 연봉 테이블이 좀 더 다양해지므로 협상이 필요하다.

취재할 때 퇴사를 가르치는 학교를 찾아갔다. 퇴사 관련 책도 쏟아져 나온다. 퇴사가 전제가 된 사회라는 느낌을 받았다. 왜 다들 회사를 다니기 싫어하나?

개인의 문제도 있고 사회의 문제도 있다. 4년 동안 대학생, 직장인 1,200명 정도를 만났다. '유리 멘탈(정신력이 약하다는 뜻의 신조어)'이 많다. 부모의 관여가 심한 밀레니얼 세대는 실패를 많이 해보지 않았다. 그전에 부모가 도와준다. 직장 상사들은 밀레니얼 세대에게 이유 없이 다시 해오라고만 하는데, 이 친구들은 명확한 이유가 없으면 받아들이지 않는다. 주니어들은 상사의 판단 근거도 확실치 않고 미래도 안 보이니, 나가서 뭐라도 해보겠다는 생각을 한다.

결국 상사가 능력이 없는 것 아닌가? 누구는 일을 못하고 누구는 일을 잘한다고 말하면서 이유를 안 대는 건 자신이 그 이유를 모르는 것 아닌가?

그런 부분도 있지만 회사 탓도 있다. 대기업을 3년 다니다가 휴직한 친구가 자기네 회사에선 말 안 하고 가만히 있으면 중간은 간다고 말하더라. 예전에는 '하라는 대로 해'가 통용됐기 때문에 안 그랬던 사람도 조직에 익숙해진다.

생산성을 높일 생각은 안 하고 '가만히 있어도 중간은 하는' 회사라면 이미 경영에 실패한 것 아닌가?

그렇다고 생각한다. 나도 한국투자증권에서 JP모건으로 이직했을 때 목소리를 높이라는 말을 들었다. 잘하는 것이든 못하는 것이든 다 얘기하라는 거다. 나도 말을 한다고는 했는데, 외국인들은 그렇지 않은 것으로 느꼈다. 우리나라 회사는 실수를 용납하지 않지만 외국 회사는 그렇지 않다. JP모건에서 내가 큰 실수를 한 적이 있다. 책임을 추궁하는 대신 이 실수가 사람의 오류인지 시스템의 오류인지 찾아보고, 어떻게 보완할지에만 관심을 갖는 것을 보고 놀랐다.

나도 외국 회사를 4년 넘게 다닌 적이 있다. 결과적으로 재미있는 일을 많이 했지만 가장 힘든 건 한국 지사 직원들을 설득하는 거였다. 내가 목소리를 높이고 활발히 움직이면 주변에서 돌이 날아오는 상황에서도 목소리를 높여야 하나? 평범한 한국 회사에서라면 그 후에 어떤 일이 벌어

질지 상상조차 안 간다.

　만약에 그 회사를 계속 다녀서 임원이 되는 게 목표라면 좀 다를 것 같지만, 이미 평생직장은 없어졌다. 조직보다는 개인의 역량이 더 중요한 사회다. 설령 버릇없이 이야기한다고 찍혀 나갈지라도 목소리를 높여야 한다.

얘기를 나눠보니 정작 문제는 상사, 부서장, 조직에 있다. 문제 있는 조직을 코칭해야지 밑에 있는 사람을 코칭해봐야 무슨 소용이 있나?

　그런 걸 느낄 때가 있다. 요즘 젊은 직장인들을 만나 얘기를 듣다 보면 그 회사 임원에게 "상무님, 정신 차리세요"라고 얘기하고 싶을 때가 많다. 요즘 친구들이 왜 이런 느낌을 받는지, 왜 회의에서 아무 말도 안 하는지 얘기해주고 싶다. 물론 개인이 조직에서 모든 걸 다 해주기를 바랄 때도 있다. 개인, 조직 다 문제가 있는 셈이다.

경제적으로든 커리어로든 가장 반짝이는 순간에도 힘들어하고 행복해하지 않는 직장인들을 많이 봤다. 나도 과거에 그런 경험을 한 적이 있다. 힘들지만 회사에서 연봉도 많이 주고, 인정도 해주니 그저 견뎌냈을 뿐이다. 혹

시 직장인의 본질은 고통이 아닐까?

사람마다 다른 것 같다. 사실 나도 돈 많이 주는 좋은 회사 나와서 뭐 하냐고 묻는 사람들을 많이 만난다. 어떻게 보면 내 인생의 절정기는 JP모건을 다닐 때였다고 할 수 있다. 하지만 난 그 당시 알맹이가 채워지지 않은 느낌이었다. 세월호 참사가 있었던 날 오후 4시에 주식시장이 끝나고 광화문에 갔다. '왜 내가 이렇게 열심히 회사를 다녔을까' 하는 허무함이 들었다. 만약에 나한테 이런 일이 일어나면 뭘 할 수 있을지, 돈 많이 벌고 승진 빨리하는 게 무슨 의미가 있는지 생각하게 됐다. 그 후 다른 사람에게 조금이라도 도움을 주는 일을 하자고 마음을 먹었다. 사실 성장, 연봉, 워라밸, 재미, 의미, 인간관계 6가지를 모두 만족시키는 직장은 없다. 지금 나한테 중요한 게 맞아떨어진다면 회사에 더 기대해서는 안 될 것 같다.

이게 평범한 직장인들에게도 가능할까? 사내 정치만 해도 결과를 만들어내려는 게 아니라 알아서 기고 머리를 조아리는 것으로 변질되는 경우가 많다. 지금까지 우리가 얘기한 대로라면 이렇게 형편없는 상황에서 고통을 겪으며 일해야 한다. 이게 일의 본질일까?

자기 목소리를 내지 못하니까 시장이 바뀌는 걸 알면서도 말을 못하고, 계획을 짜놓아도 다른 부서가 안 지킨다거나 여기까지만 내 일이라면서 따라와주지 않는 것은 분명 문제다. 많은 회사가 이 일을 왜 해야 하는지 어떤 방법을 써야 하는지에 대해 고민하지 않고, 아무도 목소리를 높이지 않는다. 오직 결과만 바란다. 하지만 그렇지 않은 회사도 많다. 구글(Google), 넷플릭스(Netflix)도 그렇고 토스(toss) 같은 국내 스타트업들도 있다.

일한다는 게 이렇게 힘든데, 그걸 뚫고 계속 일을 해야 하는 이유가 무엇이라고 생각하나? 바뀔 것 같지도 않은 이런 고행을 왜 계속해야 하는지 궁금하다.

만약에 자신이 정말 힘든데 회사가 돈을 많이 주고 그게 자신의 인생에서 가장 중요하다면 일을 계속해야 한다. 의미와 재미를 원한다면 다른 걸 포기하고 그에 맞는 회사를 다녀야 하고. 모든 걸 다 충족시켜주는 직장은 없다.

어른이라면 무언가는 견뎌내야 한다는 얘기처럼 들린다.

그렇다. 넷플릭스 같은 회사도 굉장히 일이 힘들고 해

고도 많다. 그럼에도 내가 얻는 게 있으면 다니는 거다. 나는 구글 등 대기업들이 좋은 회사라고 일반화하기가 이제 힘들다고 생각한다. 남들에게는 다 좋아도 그 사람에게는 너무 불행한 회사일 수 있다.

JP모건에서 좋은 부서에서 일했고 승진도 빨랐다. 그럼에도 6가지 중에 어떤 것도 찾지 못했나?

당시에 내겐 성장이 가장 중요했다. 일에서 새로움을 찾고 자율성이 있는지를 살펴봤다. 하지만 성장이라는 게 내 안이 아닌 외부에서 채워지는 거라고 생각했다. 30대 중반을 넘기고서야 나 자신을 채우는 것은 내 안에 있다는 걸 알게 됐다. 지금도 스타트업들과 같이 프로젝트를 할 때 회사의 목표가 오직 돈인 곳과는 일하지 않는다. 개인들에게만 얘기해서는 달라지지 않는다. 조직이 바뀌어야 한다. 임원들이 바뀌지는 않더라도 일단 현실이라도 알았으면 좋겠다.

2

독립서점으로부터
위안을 받다

지금의 비미족은 과거의 비미족과는 다르다. 어쩌다 보니 밀려서 혼자로 남게 된 게 아니다. 스스로 결정한 삶이다. 그러다 보니 삶을 구성하는 모든 것에 관심이 깊고, 나와 같은 주제에 관심을 갖고 있는 이들과의 연대를 꿈꾸기도 한다. 비미족이 많이 모이는 이태원, 연남동 등에 독립서점이 많아진 것도 이와 같은 맥락이다. 독립서점은 책 그리고 삶의 연구라는 비미족 플랫폼이라고 봐도 된다. 비미족 플랫폼으로서의 독립서점이 기존의 판매 시스템으로부터 독립해 생존할 수 있다면, 비미족의 커뮤니티도 좀 더 단단해질 수 있다. 독립서점은 정말 독립할 수 있을까?

어느 여름 저녁 7시 광화문 교보문고에는 사람들이 서가의 책만큼이나 빼곡히 들어차 있었다. 사람들의 밀집도가 가장 높은 곳은 서점을 먹여 살린다는 영어 학습서 코너나 출판사의 효자 인문학 서적 코너, 시대의 화두 '힐링' 서적들을 모아놓은 서가도 아니었다. 교보문고가 2015년 5만 년 이상이 된 카우리 소나무로 만든 대형 테이블 근처가 공간 대비 가장 북적거렸다. 100명이 앉을 수 있다는 이 대형 책상에는 책을 서너 권씩 가져다 놓고 노트에 필기까지 하는 직장인들, 엄마 손을 잡고 와서 동화책으로 보이는 알록달록한 책 몇 권을 펴놓고 있는 꼬마들이 가득했다. 그렇다. 사람들은 할인이나 적립률이 약한 오프라인 서점에서는 책을 사는 것보다 읽고 온라인 서점에 주문할 책을 고른다. 최인아 전 제일기획 부사장이 2016년 선릉역 근처에 연 '최인아책방'에서는 책을 산 사람들에게만 커피와 같은 음료를 20% 할인해준다. 음료를 시키면 책을 읽을 수 있는 북 카페와 서점을 헷갈려 하는 사람들이 많아서다. 최인아 대표는 "(사람들이) 책을 사지 않고 공짜로 읽는 습관이 있다"라고 말했다. 최인아책방 아래층에는 책을 읽을 수 있는 회원을 위한 공간이 있다. 고급스럽고 이국적이다. 혼자 사는 사람들의 집에선 여간해선 보기 힘든 공간이다.

　삼성역 신세계 스타필드 코엑스에 2017년 문을 연 '별마당 도서관'은 인스타그램에 올리기 좋은 아름다운 곡선형 대형 서가를 갖추고 있다. 8만 권의 장서가 손이 닿지도 않는 곳까지 아름답게 진열된 이곳은 무료로 책을 읽는 도서관이다. 운영하는 곳은 대형서점 영풍문고다. 직원들은 영풍문고의 유니폼을 입고 있고 도서관은 영풍문고에서 본 익숙한 시스템으로 운영된다. 인테리어를 제외하면 교보문고에서 책을 읽는 사람들과 크게 다르지 않다. 별마당 도서관을 찾은 사람들 수는 1년이 된 2019년 5월 기준으로 2,100만 명이었다. 주변 상권은 다시 활기를 띠었다. 기술이든 구매자와 판매자든 사람들이 모이는 곳을 플랫폼이라고 크게 정의한다면, 별마당 도서관은 스타필드 코엑스의 핵심 플랫폼이다. 별마당 도서관 플랫폼을 찾은 사람들은 인근 상점들로 이동해 소비를 시작한다. 하지만 이곳은 서점을 운영하거나 출판업에 종사하는 사람들이 그다지 내켜 하지 않는, 공짜 독서 습관을 길러주는 곳이기도 하다.

　초여름 한낮에 찾아갔던 '역사책방'은 서촌의 한적한 골목길에 있었다. 5월에 문을 열어 두 달이 채 안 된 곳이다. 역사책방 서가 곳곳에는 이 책들이 '판매용'이라는 안

내 문구가 적혀있었다. 백영란 역사책방 대표는 "사람들이 책을 그냥 읽는 경우가 많다"라고 말했다. 백 대표는 "인터넷 서점은 10% 할인을 해주는데 작은 책방들은 도매상을 통해서 거래하기 때문에 할인을 해드릴 수 없으니 도서정가제를 더 강력하게 적용해야 한다"라며, "현재 서점은 대형서점들 위주의 사실상 독과점 체제"라고 유통 다변화를 주장했다. 비미족이 꿈꾸는 퇴사 이후의 삶 중에서 책방 주인은 상당한 지분을 가지고 있고, 비미족의 생활 패턴에서도 독립서점 혹은 동네 책방은 상당한 지분을 차지하고 있다. 하지만 몇 곳을 방문하고 더 알아볼수록 상황은 복잡했다.

개인이 운영하는 동네 책방인 독립서점이 최근 몇 년새 크게 늘어났다. 「2018 한국서점편람」에 따르면 2017년 기준으로 일반 서점의 숫자는 2,050개로 2년 전보다 3.2% 포인트 줄어든 1,984개였고, 대형서점은 감소세에서 2년 만에 303곳으로 20곳이 더 생겼다. 하지만 동네 서점 관련 콘텐츠를 만드는 퍼니플랜(Funnyplan) 자료에 따르면 2017년 7월 전국에서 운영되는 독립서점은 모두 277개며 6개월 동안에만 무려 31곳이 새로 문을 열었다. 국세청 「2019년 국세통계연보」에 따르면 자영업자의 연간 폐업률은 89.2%고, 폐업률이 극도로 적은 도매업이 10%를 안 넘는 수준에 그친다. 퍼

니플랜 조사에 따르면 2015년 9월부터 2년 동안 폐업한 독립
서점이 17개로 폐업률이 불과 6.1%였다. 다만, 터줏대감 격이
던 곳이 최근 매물로 나오고, 문을 닫는 과정을 담은 책까지 나
오면서 독립서점 생존에 대한 우려도 커지고 있다.

독립서점 운영 현황 총 277개 독립서점

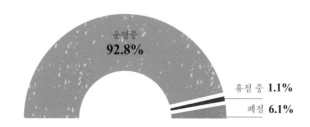

운영중
92.8%

휴점 중 **1.1%**

폐점 **6.1%**

2015년 9월 1일~2017년 7월 31일(23개월간)
동네서점 지도에 등록된 총 277개 독립서점 중 폐점 및 휴점한 서점은
7.7%(20개)이며, 개점 1년 이내 서점이 19.1%(53개)이다

자료:퍼니플랜

독립서점이 늘어나는 건 한국만의 얘기는 아니다.
통계업체 스테이티스타(Statista)에 따르면 미국의 서점 수
는 2004년 3만 8,539개에서 2012년에는 2만 8,335개로 급
감했지만, 독립서점 수는 2009년 1,651개에서 2012년에
1,900개로 늘어났고 2017년에는 2,321개, 2018년 2,470개,
2019년에는 2,524개로 증가했다. 하지만 이런 증가세에도 불

구하고 독립서점 대표들은 막상 문을 열고 보니 경영이 너무 힘들다고 입을 모은다. 독립서점 측이 경영난으로 지적하는 건 크게 두 가지다. 먼저 도서정가제 시행 이후에도 인터넷서점이 10% 할인을 하기 때문에 경쟁이 안 된다는 것, 그리고 대형서점이나 도서관 등에서 책을 공짜로 보는 습관으로 사람들이 책을 사지 않는다는 것이다. 이들은 일종의 차선책으로 저자와의 대화나 각종 문화 프로그램, 음료 판매를 할 수밖에 없다고 얘기한다.

　내친김에 독립서점들의 원성을 사고 있는 대형서점과 온라인 서점의 경영현황을 알아봤다. 교보문고와 예스24의 매출과 영업이익률을 보면 서점 자체가 설자리를 잃고 있는 것을 알 수 있다. 교보문고 IR 자료를 보면 2014년부터 2018년까지 매출 5,000억 원대에 영업이익률 1~2% 대를 유지하고 있다. 2018년엔 매출 5,450억 원에 영업이익률 55억 원을 기록했다. 한국경제신문의 2015년 6월 기사를 보면 교보문고의 문구 부문 매출이 1,200억 원대다. 출판사나 도서 도매상이 서점에 공급하는 책의 단가는 정가의 60~70% 수준이고, 일부는 반품이 안 된다. 문구 부문의 마진이 이보다 적진 않을 것으로 보이기 때문에 대형서점에서 책만 팔았다면 적자였을 것으로 추정된다.

그렇다면 온라인 서점 부동의 1위 예스24가 도서 시장의 이익을 모두 가져가는 걸까? 예스24의 매출액은 꾸준히 늘고 있지만 영업이익률은 2015년을 제외하면 줄고 있다. 2014년 매출 4,576억 원에 영업이익이 34억 원이었던 예스24는 2017년 매출 7,000억 원(예상치)에 영업이익 34억 원을 기록했다. 역시 1%대 영업이익률이다. 온라인 서점은 도서 정가의 10%까지 할인이 가능하기 때문이다.

독립서점들이 힘든 이유는 동네 책방이어서가 아니라 서점이기 때문이었다. 2014년 개정된 도서정가제에 따라서 인터넷서점 매출이 늘기는 했지만 영업이익은 그만큼 더 떨어졌고, 대형서점에서도 주력 상품은 일반적으로 알려졌듯 문구 등 기타 상품이 아니라 도서 판매였다. 서점 자체가 어려운 건 우리나라에서 책은 그다지 인기 있는 상품이 아니기 때문이다. 문화체육관광부가 2018년 실시한 '국민 독서 실태조사'에 따르면 2017년 1년간 책을 한 권 이상 읽은 사람의 비율인 독서율은 종이책의 경우 성인 59.9%, 학생 91.7%였다. 학생들 독서율이 높은 건 참고서 등 학습서 때문이다. 전자책(e북)의 경우는 성인이 10% 남짓, 학생이 27% 정도였다. 다만, 전자책은 사실상 무료로 보는 이들이 많았다. 성인이 연간 전자책 구매에 쓰는 돈은 5,000원, 학생이 쓰는 돈은 3,000원이었다. 연평균 도서 구매량은 성인과 학생 모두 5권을 넘지 않았다. 성인 독서율은 1994년 이후 꾸준히 줄어들고 있지만, 종이신문의 구독 급감과는 다르다. 70%대를 유지하다가 2011년, 2015년 60%대로 떨어졌다. 성인들이 동네 서점에서 책을 산 비율은 10.6%였다. 대형서점이 38.5%, 인터넷서점이 23.7%이었다. 책은 인기 있는 상품도 아니고, 이익도 박하며, 시장의 이윤을 특정 지배적 사업자가 가지고 갈 수도 없다.

독립서점의 강점은 오히려 이들이 할 수밖에 없어 한다던 커뮤니티 기반의 각종 문화 활동이다. 바로 이 지점에서 많은 비미족들이 이곳을 찾는다. 비미족에겐 커뮤니티가 필요하다. 너무 끈적거릴 필요도 없이 책 한 권을 사면 이어지고, 발길을 끊으면 관계도 끊어지는 부담 없는 커뮤니티가 독립서점이다. 저자와의 대화나 토론회 등 커뮤니티 활동은 독립서점의 존재 이유다. 뉴욕타임스는 최근 유명했던 프랑스의 독립서점 셰익스피어 앤 컴퍼니(Shakespeare and Company)가 다시 문을 열었다는 기사에서 독립서점의 강점을 지역 커뮤니티에서 찾았다. 신문은 작가이자 독립서점 주인들의 말을 인용해 "지역에 거주하는 작가가 대형서점에서 자신의 저서를 본다면 행운이라고 생각하겠지만, 독립서점에서 자신의 책을 발견한다면 지역 주민들의 선택에 담긴 열정을 느낄 수 있을 것"이라며 "사람들이 서로 소통하고 진정한 이웃이 되는 데 이보다 더 좋은 방법은 없다"라고 보도했다. 뉴욕타임스는 독립서점의 장점으로 최근 미국에서 벌어지고 있는 '동네에서 쇼핑하기' 운동과 같은 지역 커뮤니티 활성화, 단순히 베스트셀러를 추천해주는 게 아니라 책 마니아인 지역 고객과의 지속적인 관계를 통해서 깊이 있는 책 추천과 같은 큐레이션을 꼽았다.

2017년 번역 출간된 『아날로그의 반격』에서는 서점 직원이 손님이 읽고 싶을만한 책을 찾아서 직접 건네주는 핸드셀링(Hand-selling)을 독립서점의 장점으로 꼽고 있다. 다른 사람의 손에 책을 쥐어주며 "저는 이 책이 정말 좋아요. 아마 당신 마음에도 들 거예요"라고 말하는 순간 핸드셀링이 일어난다. 딱 맞는 책을 고르기보단 그런 대화를 나누는 것이 핵심이다.

서촌에 사는 작가들의 책을 모아놓은 코너를 만든 역사책방의 백영란 대표는 나와 대화를 나누면서 주로 서촌에 사는 단골들이 무슨 책을 샀고, 어떤 책에 관심이 있더라는 얘기를 했다. 최인아 대표도 두 시간 가까이 얘기를 나누면서 500명이 넘는 북클럽 회원들이 오프라인 책 토론 모임에 보이는 열정, 모임에 자주 오는 초등학교 6학년 학생이 얼마나 똑 부러지게 자기 생각을 풀어내는지, 회원들이 저자와 함께 주로 어떤 얘기를 나누는지를 얘기했다. 실제로 독립서점 오너들은 만나면 일단 단골들 얘기부터 시작한다. 대형서점이나 온라인 서점이 할인율과 총알 배송, 쿠폰을 적극적으로 얘기하는 것과는 다르다. 최인아 대표는 독립서점이 책이라는 매개체로 사람들을 이어주는 플랫폼이라고 했다.

옷을 사는 데보다 책을 사는 데 돈을 더 많이 쓴다는 이진희 TV조선뉴스 기상캐스터는 1주일이면 3번 이상 독립서점을 찾는다. 집 근처 서점을 가기도 하고 연남동 등 독립서점이 모여있는 곳을 일부러 찾아가 책을 사고, 주인과 대화를 나눈다. 이진희 캐스터는 왜 굳이 비싸고 책 종류도 많지 않은 곳에서 책을 사느냐는 질문에 이렇게 말했다. "대형서점에 가면 어쩐지 서점에 이끌려서 책을 고르는 느낌을 받는다. 책방 주인과의 대화도 빼놓을 수 없는 (독립서점의) 매력이다. 자주 가는 연남동 독립서점 '서점 리스본'에는 이별을 한 사람들이 많이 간다고 한다. 나도 서점 주인인 정현주 작가와 얘기를 하다가 책을 추천받아 읽고 힐링이 되는 느낌을 받은 적이 있다. 나는 이런 공간이 좋기에 동네 책방이라는 공간을 응원하는 마음에서라도 더 자주 간다."

3
업무·퇴사·인생까지
학원에서 배워야 안심

업무·퇴사·창업에 인생까지 학원에서 배우려는 비미
족이 늘고 있다. 마케팅 업무를 맡고 있는 직장인이 외부 교
육 업체에서 '디지털 마케팅' 수업을 듣거나, 이직이나 창
업 등의 이유로 회사를 그만두는 방법을 '퇴사학개론'에서 배
운다. '대화를 잘하는 법', '좋은 친구가 되는 법' 등 일상에
서 필요한 요소를 배우기도 한다.

부산에서 스피치 강사의 개인 홍보와 마케팅을 돕
고 있다는 백수창(32세, 프리랜서 마케터) 씨를 어느 여름
밤 홍익대 근처 스터디 카페에서 진행된 '퇴사학교'의 지식

창업론 워크숍에서 만났다. 이날 워크숍은 지식창업론 수업을 들었던 수강생 대상의 무료 행사. 백수창 씨를 포함해 창업하려는 수강생 5명과 퇴사학교 직원 4명이 백 씨와 마케팅 아이디어를 교환했다. 퇴사학교 창업자인 장수한 교장(언더독스 스쿨 대표)은 마케팅 타깃을 설정해야 한다고 조언하며 "퇴사학교의 마케팅 페르소나(Persona)는 대기업에 종사하는 32세 여성"이라고 설명했다. 마케팅에서 페르소나는 고객의 성별·나이·직업이나 취향 등을 정성적이고 가시적으로 정의해 타깃 고객을 정할 때 쓰는 용어다.

백수창 씨는 2013년 한국해양대학교 유럽학과를 졸업하자마자 독일에서 취업에 성공했다. 독일 프랑크푸르트(Frankfurt)에서 기차로 30분 거리인 다름슈타트(Darmstadt)에 있는 구매 대행업체 '티마한'이 그의 첫 직장이다. 백 씨는 2014년 여름 베트남 호치민에 있는 한국 기업 동진섬유로 이직해 2016년 11월 한국에 오기 전까지 일했다. 신발 원단을 취급하는 영업부서 매니저였다. 그는 대학 졸업 후 줄곧 해외에서 영업·마케팅 업무를 하고 있었지만 자신이 이 일을 언제까지 할 수 있을지 확신이 들지 않았다고 했다. 마침 귀국할 예정이던 백 씨는 해외 영업·마케팅 관련 직무 기술을 가르치는 한국의 교육 업체를 물색했다. 오프라인 직

무 교육 업체 패스트캠퍼스(Fastcampus)는 페이스북 광고
를 보고 접했다. 그는 수강료 360만 원을 내고 디지털 마케
팅 스쿨 3개월 과정을 2017년 4월까지 수강했다. 수업은 주
중 5일간 오전 9시~오후 5시까지 빡빡하게 진행됐다. 그
는 "회사 생활을 하면서 대학에서 배운 것과 실무가 많이 달
라 답답했다"라며 "내가 들은 강의는 강사가 실무진이다 보
니 최근의 실제 사례를 많이 다뤘다"라고 만족했다. 백수
창 씨는 2017년 4월 방송 프로그램을 보고 알게 된 퇴사학교
에서 '지식창업론'을 수강했고, "디지털 마케팅은 굉장히 빨
리 변하는 분야라서 6개월에 한 번쯤은 단기 강좌라도 들
을 예정이다"라고 말했다.

이처럼 적극적으로 회사 일을 배우고자 하는 비미족
의 노력은 성인 대상의 교육시장 규모를 약 2조 원대*로 늘렸
다. 직무 관련이나 인문학 교육시장 규모는 아직 수백억 원대
에 불과하지만 가파르게 늘어날 것으로 보인다. 통계청에 따
르면 2010년 이후 2017년까지 성인을 대상으로 직업기술 강
의를 하는 학원은 3,192개에서 4,244개로 33%로 늘어났다.

---

* IBK투자증권의 교육산업 보고서(2013) 통계

같은 기간 인문학 학원도 543곳에서 606곳으로 12%로 늘어났다.

비미족 등 성인들이 이와 같은 교육에 참여하는 비율도 크게 높아졌다. 한국교육개발원에 따르면 성인의 직무 관련 평생학습 참여율은 2012년 15.4%에서 3년 만인 2015년 27.7%로 크게 늘어났다. 전체 '비형식 교육(비학위 과정)'이 같은 기간 7% 포인트 늘어났다. 이 중 직무 관련 교육은 무려 12.3% 포인트로 전체 평균보다 배 가까이 늘어났다.

직접 청강해본 교육 업체 3곳의 누적 수강생 수만 봐도 이 시장이 얼마나 빠르게 늘고 있는지 짐작할 수 있었다. 2013년 시작한 패스트캠퍼스는 3년 6개월 만인 2017년 여름 누적 수강생 2만 명을 넘겼다. 퇴사학교 수강생은 1년 만에 5,000명을 넘겼다. '인생학교 서울'에선 1년 6개월 동안 6,500명(2017년 3월 기준)이 수업을 들었다. 직무 교육 과정은 모비인사이드·DS스쿨 등 페이스북에서 적극적으로 홍보하는 후발주자가 많다. 인문학 수업을 비정기적으로 하는 곳도 적지 않다.

비슷한 시기에 방문한 서울 잠원동의 한 6층 건물에서는 백수창 씨가 들었던 패스트캠퍼스의 디지털 마케팅 수업이 한창이었다. 오후 7시에 시작된 강의는 늦게까지 이어

졌다. 백 씨는 전일제 강의인 '스쿨'에서 수강했지만, 이 강의
는 직장인 대상으로 이뤄지는 저녁 수업이다. 강사는 현직 대
기업 디지털 마케팅 부서장이 맡는다. 수강생 대부분이 수
업 시작 30분 전에 도착해 강의실은 이미 꽉 차있었다. 수강
생들도 대부분 현재 마케팅 업무를 하는 이들이다. 강사가 수
업 중간 교재로 쓰는 자사 전략 프레젠테이션 파일을 가리키
며 "파일로 보내줄 순 없지만 꼭 필요한 부분은 촬영해도 좋
다"라고 하자 수강생들이 일제히 스마트폰을 들어 사진을 찍
었다.

이처럼 인기 있는 과목은 수강료도 만만치 않다. 패
스트캠퍼스에서 가장 비싼 수업은 3개월 동안 하루 종일 진
행되는 각종 '캠프'들로 3개월에 400~500만 원대다. 퇴사학
교에선 지식 창업 워크숍 등 49만 원짜리(2개월) 수업도 여
럿이다. 인생학교 서울의 단과 수업은 10만 원 미만이지만
2017년 1월 시작한 연간 패밀리 멤버십은 59만 원이다. 임
언 한국직업능력개발원 선임연구위원은 "직장인들이 고가
의 직무 관련 수업을 자비로 듣는 것은 투자"라고 설명했다.
젊은 직장인들이 이런 수업을 이수한 것이 노동시장에서 통
용되는 가치가 높다고 생각하면, 교육에 우선적으로 투자하
려는 경우가 많다는 얘기다. 임 위원은 "노동시장·산업구조·

기술의 변화 속도가 굉장히 빨라지므로 이를 따라가려면 지속적인 학습이 필요하다"라며 "직장인들은 이런 수업을 통해 학습 시간을 벌게 되는 것"이라고 말했다. 비미족이 처음부터 퇴사를 꿈꾸진 않는다. 비미족은 업무능력으로 회사에서 인정받으려고 한다. 하지만 이런 노력이 정당하게 인정받지 못하고, 어쩌면 업무능력이 회사에서의 생존과 큰 관련이 없을 수 있다는 의문이 들면서 퇴사를 꿈꾸게 되는 것일 수도 있다.

그간 직장인들이 받는 직무 혹은 인문학 교육은 무료라는 인식이 있었던 게 사실이다. 기업들은 자체적으로 직무교육이나 인문학 강의를 제공했고, 정부도 실직자들을 위해 고용보험의 직업능력개발기금으로 특정 교육과정을 지원했다. 하지만 기술 발전 속도가 빨라지면서 업무에 필요한 기술 트렌드도 빠르게 변하기 시작했다. 이에 따라 직장인 대상 교육도 특화되고 있는 것이다. 이강민 패스트캠퍼스 대표는 "필수 커리큘럼과 수강료에 제한이 있는 정부 지원금 과정은 만들 생각이 없다"라며 "빅데이터, 데이터 사이언스 과정은 현업에서도 인력이 달리는데, 일반적인 강사료를 지급해서는 수준 높은 강사를 섭외할 수도 없다"라고 말했다. 장수한 퇴사학교 대표는 "새로운 배움에 대한 수요가 분명 직장인 사이에서 점점 더 커지고 있다는 것을 느꼈고, 그것을 이제 각자가 가진 지식을 공유하는 모델로 풀어야 한다고 생각했다"라고 말했다.

성인 교육시장의 이 같은 트렌드는 이미 예견된 일이었다. OECD는 2012년 24개국 16세 이상 65세 미만 성인 15만 7천 명을 대상으로 직무 역량을 조사해 「국제성인역량조사(PIAAC) 보고서」를 발표했다. 직장에서 업무를 수행할 능력이 어느 정도인지를 언어능력, 수리능력, 컴퓨터 기반 문제 해결 능력으로 나누어 평가한 사업이다. 한국에선 6,667명이 조사에 참여했다. 계획부터 보고서 발표까지 4년이 걸렸다.

OECD 보고서에 따르면 한국 직장인과 예비 직장인들은 직장 내 직무역량이 OECD 평균에 비해 낮았다. 특히 한국 성인의 직무 역량은 20대 초반에 정점을 나타내고, 나이가 많아질수록 급격하게 낮아졌다. 다른 나라에선 역량이 30~35세에 정점을 나타내고도 완만하게 낮아지는 것과는 확연히 다르다. 보고서는 한국 성인이 초기 교육을 통해서 얻은 직무 역량을 제대로 활용하지 못하고, 학습을 통해 이를 개발하지도 못하고 있음을 보여준다. 재미있는 사실은 한국 성인들의 평생학습 참여 시간이 연 258.9시간으로 OECD

조사국 중 가장 길었다는 것. 대학원과 같은 학위 과정이 많았기 때문이다. 특히 고용주로부터 학습비용을 지원받는 비율이 40%에 그쳐 조사 국가 중에서 가장 낮았다. 그러나 보고서는 오히려 학위와 상관없는 '비형식 학습'이 직무역량을 키우는 데 도움이 된다고 진단했다.

이 보고서가 발간된 2012년 한국의 평생학습 참여율이 15%대에서 5년 만에 27.7%로 가파르게 높아졌고, 최근 직무 역량 그리고 문제 개발 능력을 키워주는 강좌들이 늘어나는 데는 이처럼 '국제적으로 부족한 직무 역량'을 키워보려는 직장인들의 불안한 심리가 알게 모르게 반영돼있다. 앞서 소개한 백수창 씨는 해외 취업에 성공해 일을 하면서도 불안했다고 털어놨다. 그는 "이제 80세까지 일해야 하는 시대인데 언젠가 내가 독립해 내 일을 할 수 없을 것 같아 직무교육 학원을 알아본 것"이라고 말했다. 그가 6개월마다 이런 강의를 들을 것이라고 한 것도 같은 맥락에서다.

최근 성인 대상 교육 업체들의 공통적인 몇 가지 특징도 이런 상황을 반영하고 있다.

첫째, 강사의 역량에 전적으로 의존하던 과거 직무·인문학 교육과는 달리 강의 커리큘럼을 교육 업체가 현업에 맞게 정하고 세부 내용까지 다듬고 나서야 이에 맞는 강

사를 섭외한다. 패스트캠퍼스엔 '코스 매니저', 퇴사학교에
선 '교장 등 내부 강사진', 인생학교 서울에선 런던 본사가 '커
리큘럼 개발'을 전담한다.

둘째, 비싼 경우 500만 원이 넘는 수강료를 자비로 부
담하는데도 재수강자 비율이 낮지 않았다. 패스트캠퍼스는 최
근 6개월간 재수강률이 20%였다. 퇴사학교는 따로 집계를 하
진 않지만 3~4개 과목을 한꺼번에 수강하는 경우가 상당하다
고 밝혔다. 인생학교 서울은 모든 수업을 다 들을 수 있는 연
간 패밀리 멤버십에 2017년 상반기에만 200여 명이 가입했다.

셋째, 수강생 간 혹은 강사와의 네트워킹이 활발
하다. 업무용 메신저를 개발한 스타트업 잔디는 패스트캠
퍼스 창업 캠프를 함께 들은 수강생들이 모여 만든 회사다.
머신러닝 스타트업 솔리드웨어(Solidware), 회를 배달해주
는 O2O(온·오프라인 연계) 기업 인어공주해적단 창업자들
도 모두 패스트캠퍼스에서 만나 창업한 경우다. 퇴사학교
는 수업을 들은 이들을 대상으로 종종 무료 네트워킹 및 워
크숍 이벤트를 진행한다. 인생학교 서울도 강의실과 함께 있
는 카페에서 다과를 함께 하며 교류하는 것으로 수업을 시
작한다. 네트워킹 결과가 취업으로 연결되는 경우도 있다.
패스트캠퍼스의 모기업 패스트트랙아시아 박수연 매니저

는 "2016년 1월 론칭한 전일제 과정 '스쿨' 수강생들은 취업 행사인 '하이어링 데이(Hiring Day)'에서 약 20~30%가 취업에 성공하고, 채용 담당 매니저 추천으로 취업하는 경우도 30~40%에 달한다"라고 말했다. 이강민 대표는 "교육 커리큘럼을 만들기 위해서 주기적으로 200여 곳의 회사를 돌면서 현업에서 쓰이는 기술을 조사한다"라며 "사람을 뽑는 회사가 있으면 우리 수강생을 연결해준다"라고 말했다.

　사교육 세대가 어른이 돼 '직장인의 사교육'처럼 직무교육 시장이 커가는 것 아니냐는 우려의 목소리도 있었다. 한 대기업 인사담당 간부는 직무교육 무용론을 펼치며 "대기업 직원들은 사내·외 교육은 물론이고 업무를 통해서 상당한 실력을 갖추고 있다"라며 "강사들과 그 수업을 듣는 대기업 직원들의 시간당 임금을 비교해봐도 외부에서 자비로 직무교육을 받는 게 업무에 큰 도움이 될 거라고는 생각하지 않는다"라고 주장했다. 임원 위원도 "비싼 직무 교육비를 부담하는 사람에게만 교육이 제공된다면 장기적으로 문제가 될 수 있으므로 고용보험 기금에서 부담할 수 있도록 제도권 안으로 들여와야 한다"라고 주장했다. 곽금주 서울대 심리학과 교수는 이런 현상을 젊은 세대 직장인의 일에 대한 부담, 경쟁에서 밀려날 수 있다는 불안감의 결과로 설명했다.

곽 교수는 "30대 젊은 직장인들은 학원에 익숙한 세대다. 직장을 갔지만 학원에 가서 뭔가를 배우지 않으면 불안한 것"이라고 진단했다. 곽 교수는 "우리나라 교육제도가 대학을 안 나오고도 직업을 선택할 수 있게 되는 정도로 개혁되지 않는 한 사설 직무교육 학교는 계속해서 늘어날 것"이라고 말했다.

실제로 인문학 강좌의 인기는 일정 부분 비미족들의 불안함과 초조함에서 나왔다. 인생학교 서울이 서있는 지점도 바로 여기다. 인생학교 서울을 운영하고 있는 손미나앤컴퍼니의 손미나 대표는 "우리는 직장·학교·집 어디에서든 슈퍼우먼, 슈퍼 아빠가 안 되면 낙오자가 될 것 같은 시대에 살고 있다"라며 "사막 같은 세상에서 사람들이 영혼을 식히고 삶의 의미를 생각해볼 수 있는 곳이 인생학교가 됐으면 좋겠다"라고 말했다. "요즘 젊은 직장인들 중에 툭 치면 눈물 안 흘릴 사람이 어디 있겠어요?" 손 대표의 말이다.

4

퇴사 이후의 삶,
창업

비미족들의 퇴사 이후의 삶에서 창업은 항상 높은 순위에 올라있다. 우리는 습관처럼 창업의 어려움과 이를 이겨낸 성공한 창업자들의 의지를 칭찬한다. 하지만 실제 창업 과정은 하나 하나가 모두 드라마다. 여기 두 명의 비미족 창업자들의 실제 이야기를 소개한다.

스스로 무언가를 만드는 메이커(Maker)*들이 풀뿌리 제조업 역할을 하는 해외와 달리 한국 메이커의 현실은 척박한 수준이다. 글로벌 시장조사업체 CB인사이트(CB Insight)의 2016년 3월 조사에 따르면 기업가치가 1억 달러 이상인 세계 유니콘 스타트업의 13%가 하드웨어 스타트업이었고 이들 중 일부는 메이커로 시작했다. 하지만 1억 달러 이상의 기업 가치를 지닌 한국 하드웨어 스타트업은 없다. 스타트업 전문 매체 플래텀이 2016년 투자를 유치한 국내 스타트업 313곳을 조사한 결과 하드웨어 스타트업의 비중은 정보통신기술과 일반 제조업 모두 포함해 고작 9%였다.

유명 메이커들도 아이디어 도용을 우려해 쉽게 창업에 나서지 못하는 실정이다. 자동차를 주요 부품까지 모두 만들어 유명해진 메이커 김진우 작가는 사업화 의사를 묻자 "전혀 계획이 없다"라고 말했다. "내가 만든 것을 공개하면 늘 누군가 베낀다. 한번은 부품을 만들어줬더니 그걸 베껴서 자기가 만들었다고 하고 다니는 걸 봤다. 메이커로서 화가 났다. 사업화 할 생각은 없다."

그나마 최근 국내 하드웨어 스타트업 제품에 대한 소비자의 관심이 꾸준히 커지고 있는 것은 희망적이다. 국내 크

---

* 뭔가를 끊임없이 만들고, 이를 공유하는 사람들 또는 단체를 말한다. 최근엔 3D 프린터 등 디지털 기기와 다양한 도구를 사용해 상상력을 바탕으로 제품이나 서비스 등을 만들어내는 발명가·공예가·창작자 등도 포함한다. 스스로 만들어 내는 것을 넘어서서 정보를 교류하며, 제품을 팔아 수익을 남기기도 한다. 메이커는 미국이나 중국에선 취미 수준의 창작자에 머물지 않고 창업으로 연계되는 1인 제조업자라는 평가를 받고 있다.

라우드펀딩 업체 와디즈(Wadiz)는 2018년 1월 21개 프로젝트에서 총 1억 3,627만 원의 테크·디자인 제품을 팔았다. 7월에는 48개 프로젝트에서 14억 2,159만 원이 거래되면서 6개월 만에 10배 이상 성장했다. 메이커스위드카카오 서비스를 운영 중인 카카오메이커스의 경우 2018년 1월 거래액 10억 원에서 7월 16억 원으로 60%나 늘어났다. 자금도 있고 판로도 늘고 있다. 그러면 무엇이 문제일까?

휴대용 미니 수력발전기를 만드는 이노마드(Enomad)의 박혜린 대표는 2016년 9월 크라우드펀딩 사이트인 킥스타터(Kick Starter)와 인디고고(Indiegogo)에 제품 아이디어를 간단한 시제품 사진과 함께 올렸다. 3억 원의 선주문이 쏟아졌다. 창업을 하고 2년 만에 발생한 매출이다. 미국의 아웃도어 캠핑 시장을 겨냥해 높이 30cm에 지름 9cm의 텀블러 크기인 미니 수력발전기를 250달러에 팔았다. 제품 배송도 1년 후였다.

전문 제조업체에 주문을 넣으면 간단히 될 일 같았다. 하지만 현실은 냉혹했다. 이노마드가 가장 먼저 지불한 비용은 양산형 설계 외주비 4,000만 원이었다. 사출기계 등 양산에 맞게 제품 설계도를 수정해야 하기 때문이다. 큰돈을 들여 새로 받은 설계도 탓에 생산단가가 높아졌다. 이 양산형 설계도 제작 업체는 '최선을 다했다'고만 했다. 돈은 돌려받지 못했다. 여러 차례 수정을 거치고 큰돈을 들여 어렵게 양산형 설계도를 완성했다. 박 대표는 무엇이든 만들고 비용도 가장 저렴할 거라는 생각에 중국 선전의 공장을 찾아갔다. 텀블러 크기의 제품 5,000대를 만들어달라고 하자 중국 전문 제조업체들은 견적도 내주지 않았다. 박 대표는 중국에서 창업한 지 1년도 안 된 한 드론 업체의 첫 주문 물량이 100만 대라는 설명을 듣고 한국으로 돌아왔다. 박 대표는 결국 금형공장을 소유한 60대 하드웨어 엔지니어를 영입하는 것으로 문제를 해결해야 했다. 이노마드는 안산의 한 공장에서 제품을 생산했다.

박 대표가 제조업에 뛰어든 이유는 기존 에너지망이 없는 곳이 아직도 남아있다는 것을 인도의 산간 지방을 여행하면서 알게 됐기 때문이다. 대학 졸업 후에 조류 발전 플랜트 업체인 정맥산업개발에 취업한 것도 현장에 답이 있으리라는 기대 때문이었다. "현업에서 보니 제 문제에 대한 해답이 다른 곳에 있다는 걸 알게 됐습니다. 우리는 늘 기존 에너지망을 활용해 어떻게 하면 싸게 전기를 공급하느냐를 고민했어요. 남인도의 산간마을처럼 오프그리드(Off-grid)* 지역에 사는 이들은 기술이 발달해도 계속 전기를 쓸 수 없다는 얘기죠."

그가 2014년 5월 하드웨어 엔지니어인 직장 동료와 퇴사해 이노마드를 차린 이유다. 해결하려는 문제가 확실했던 그가 처음부터 미국 아웃도어 시장을 겨냥해 캠핑용 제품을 만들려고 한 것은 아니었다. 2015년 3월 서울시 하천관리과 공무원을 따라다니면서 청계천에 스마트폰 충전 등을 하는 휴대용 수력발전기 키오스크(Kiosk)를 설치하자고 제안했다. 담당 공무원이 "고작 60와트짜리로 뭘 할 수 있겠냐"라며 회의적이었던 이 키오스크는 현재 청계천의 명물이 됐다. "청계천에서 처음으로 민간기업 제품을 설치해서 성공했으니, 전국 도심 하천에 스테이션 개념으로 설치를 하려고 했어요. 너무 힘들었습니다. 각 지방자치단체 공무원을 만났지만 하지 않아도 문제가 없는데 해서 문제를 만들 필요가 없으니 움직이지를 않더라고요."

제철소처럼 로를 냉각하는 물이 늘 흐르는 공장을 다음 타깃으로 정했다. LG이노텍·SPC 등에서 관심을 보였지만 표준화가 불가능해 제작 단가가 높아졌다. 그렇게 돌고 돌

---

* 전기나 가스 등의 에너지를 외부에서 제공받지 않고 직접 생산해서 사용하는 생활 방식을 말한다.

아 선택한 게 미국 아웃도어 시장이었다. 제품을 내다팔 시장도 있었고, 자본도 있었다. 그런데도 실제 제품을 만들어 소비자들에게 선보이기까지 험난한 고개를 여러 차례 넘어야 했다. 다른 하드웨어 스타트업도 양산 과정에서 비슷한 고충을 겪고 있다.

도심 폐기물 모니터링 솔루션 업체 이큐브랩(Ecube Labs)의 권순범 대표는 2011년 센서를 통해 쓰레기 수거 시기 등을 알려주는 스마트 쓰레기통 아이디어를 고안해냈다. 한화가 공익형 시범 사업에 쓴다며 1억 원어치를 첫 주문했다. 하지만 이큐브랩은 스마트 쓰레기통 '클린큐브' 시제품을 만들기도 전에 이 1억 원을 모두 써야 했고, 정작 제품을 생산하는 데 든 비용은 이들이 온갖 창업 공모전에 참가해 받은 상금 4,000만 원과 중소기업청으로부터 받은 정부 지원 자금 7,000만 원으로 충당해야 했다. 판매가격이 200만 원대인 스마트 쓰레기통 50대 남짓을 납품하는 데 왜 매출보다 두 배 가까이 되는 돈이 들었을까?

권 대표 역시 양산을 위한 설계 비용에 1,000만 원가량을 썼다. 하지만 쓰레기를 압축하는 힘이 어느 정도 이상 나올 것 같은 순간에 모터가 뒤로 밀린다든지 하는 구조적 문제가 발생해 설계를 계속해서 바꿔야 했다. 쓰레기 중량이 500kg 이상 돼 전류값이 올라가면 압축을 멈추고 돌아오도록 하려면 전자제어 설계를 또 다른 곳에 맡겨야 했다. 판매할 수 있는 물건이 나오기까지 설계도를 7~8번 수정했다. 양산용 설계에만 1억 원이 들어갔다.

이큐브랩은 해외에서 꾸준히 주문이 들어왔기 때문에 사업을 계속할 수 있었다. 철공소 수준인 시흥의 한 공장에서 수출용 압축 쓰레기통 클린큐브를 대당 200만 원에 생산했다. 제품 판매가격이 200만 원대 후반이니 만들수록 사실상 손해를 보는 구조였다. 권 대표는 본사를 구로디지털단지 아파트형 공장으로 옮겨 자체 생산을 해가며 버텼고, 대량 주문이 들어오면서부터는 김포에 직접 공장을 차렸다. 300평짜리 김포 공장에선 한 달에 200~300대를 생산할 수 있다. 500대 이상 주문이 들어오면 알맹이만 김포에서 만들어 중국 상하이 조립공장에 보내 곧장 수출한다.

이큐브랩은 한국에서 그나마 잘나가는 하드웨어 스타트업이다. 2015년 매출 5억 원에서, 2016년 선적 기준으로만 15억 원을 팔았다. 2017년 매출은 30억 원대였고, 2018년에는 42억 원을 기록했다. 밀려있는 주문을 다 처리한다면 70억 원 이상도 가능하다. 이 회사는 최근 미국에서 대형 공급계약을 맺었다. 권 대표는 한국 대부분의 외주 공장, 설계

업체가 대기업에 종속돼있는 것은 물량 때문이라고 설명했다. 하드웨어 스타트업이 주문하는 물량이 적기 때문에 외주 공장에서는 당연히 생산해주지 않는 것이라는 설명이다. 권 대표는 "해외 크라우드펀딩 업체인 인디고고나 킥스타터에서는 아직 만들어지지 않은 제품이라도 컨셉트만 보고 주문을 한다"라며 "생산은 저절로 해결되고 오히려 제조업체를 골라서 생산할 수 있다"라고 말했다.

두 하드웨어 스타트업의 수난사에서 보듯 한국은 대기업 제조업체가 자체 공장, 하청 구조를 갖추면서 전문 제조업체가 설 곳을 잃은 상황이다. 덩달아 비미족 창업자들도 제조업의 나라에서 제조업 창업을 하기가 힘들다. 하드웨어 스타트업이 고전하는 것도 소품종 소량 주문·생산을 맡길 전문 공장이 없기 때문이다. 생산시설을 갖춘 전문 제조업체들은 어느 정도의 물량을 확보하지 않고는 공장을 돌리기 어렵다. 물량이 많다고 해도 언제 다시 생산한다는 기약이 없으면 곤란하다.

양민양 카이스트 기계공학과 교수는 이처럼 양산 과정에서 어려움을 겪는 하드웨어 스타트업을 선별 지원하는 것이 정부의 역할이라고 주장한다. 양 교수는 "정부가 국가연구소나 지역 센터 등을 통해 체계적으로 (하드웨어 스타트업의 양산을) 도와주는 것이 필요하다"라며 "창업자들을 통해 제조업의 르네상스를 다시 만들려면 양산용 설계 전문가를 스타트업에 연결해주고 서로 이익을 공유하게 해주는 시스템을 만드는 등의 구체적인 지원책이 있어야 한다"라고 조언했다. 이성호 한국생산기술연구원 소장은 공장 없는 기업인 하드웨어 스타트업에게 유연한 생산체계를 갖춘 '온디맨드(On-demand)* 공장'이 필요하다고 했다. 이런 전문 제조업체는 결국 자연스럽게 스마트 공장으로 연결될 것이며, 스타트업이 스마트공장에서 얻은 빅데이터를 활용해 수요를 예측하고 협업 생산하는 식으로 새로운 제조 생태계를 만들어야 한다는 주장이다. 이성호 소장은 "하드웨어 스타트업이 대기업 하청구조에서 시제품은 만들 수 있어도 시장에 진출하기 위한 양산까지 하긴 쉽지 않다"라며 "고난도 하이테크 생산체계를 가진 전문 제조 기업이 새로 나오거나 기존 중소·중견 제조 기업이 진화해야 한다"라고 말했다. 생산기술연구원은 2014년 메이커, 하드웨어 스타트업과 전문 제조업체의 협업을 지원해주는 '제조 소프트파워 강화 사업'

---

* 서비스, 재화를 수요자가 원하는 형태로 즉시 제공하는 것을 일컫는다.

을 시작했다.

한국 하드웨어 스타트업이 미국·중국에서처럼 제조업 혁신의 한 축으로 역할을 하려면 대기업과 하드웨어 스타트업이 협업을 할 수 있는 가교도 필요하다. 한성호 인천경제산업 정보테크노파크 책임연구원은 한·중 두 나라의 차이를 '아래로부터의 협업이냐, 위로부터의 혁신이냐'에서 찾았다. 그는 "한국은 위에서 주도적으로 만들어 가려고 하니까 오히려 결과가 혁신으로 이어지지 않고 있다"라며 "메이커를 결집시키고 이들의 아이디어가 실제로 기업에 응용될 수 있게 만들어주는 고리가 필요한데 이 부분이 느슨하다"라고 진단했다. 그는 "메이커들이 새로운 제품 아이디어를 내고 이를 시제품으로 쉽게 만들어 기업과 이어지는 것이 제조업 혁신의 출발점"이라고 말했다.

스타트업의 시제품을 생산하고, 양산 서비스를 지원하는 또 다른 스타트업 N15의 허제 대표는 "N15이 최근 두 대기업과 진행한 프로젝트가 오픈 이노베이션(Open Innovation)*의 사례가 될 수 있을 것"이라고 자신했다. 인텔(intel) 대만법인은 N15에 2016년 10월 반도체 관련 기술 제휴를 제안했다. N15이 국내 스타트업을 발굴해 이곳에 인텔의 반도체 소프트웨어 개발 과제를 맡기고, N15은 초도물량 양산·판매를 담당하기로 했다. 기술특허도 공동 소유하기로 협의했다. 이세윤 N15 팀장은 "계약 내용은 영상처리 기술 향상에 대한 것"이라고 밝혔다. LG전자 CTO실도 N15에 LG전자 이동형 스마트 냉장고와 관련된 협업 프로젝트를 제안했다. LG전자 임원들이 중국 선전을 방문했는데 이곳에서 N15를 소개해 이뤄진 프로젝트다. 허제 대표는 "냉장고가 음성 인식이나 무선 컨트롤러 명령으로 동작이 가능하게 하는 양산형 시제품이었는데 좋은 반응을 이끌어냈다"라며 "앞으로도 LG전자와 다양한 형태의 협업을 진행할 예정"이라고 말했다.

메이커에서 하드웨어 스타트업으로, 제조업 혁신에서 새로운 가치 창출이라는 새로운 제조 생태계로 가기 위해서 메이커 운동의 저변을 확대하려는 움직임도 나오고 있다. 문공주 이화여대 과학교육과 교수는 "기본적인 공구나 기기

---

* 기업이 필요로 하는 기술과 아이디어를 외부에서 조달하는 한편 내부 자원을 외부와 공유하면서 새로운 제품이나 서비스를 만들어내는 개념이다. 헨리 체스브로(Henry Chesbrough) 버클리대 교수가 2003년에 제시했다. 기업 내부의 R&D 활동을 중시하는 것이 '폐쇄형 혁신'이었고 아웃소싱이 한쪽 방향으로 역량을 이동시키는 것이라면, 오픈 이노베이션은 기술이나 아이디어가 기업 안팎의 경계를 넘나들며 기업의 혁신으로 이어지도록 하는 것이다. 지식재산권을 독점하는 것이 아니라 공유하는 것이 개방형 기술 혁신의 핵심이다

를 다루는 법과 다양한 자원·재료를 사용하는 법 등을 숙지 하는 데 노력이 많이 필요하다"라고 말했다. 문 교수는 "메이 커들이 활발히 활동할 수 있으려면 설계·제작 과정에서 메이 커를 도울 수 있는 전문가(테크니션)들이 많이 필요하다"라 고 덧붙였다. 한 스타트업 대표는 "메이커가 제조업체로 발 전하는 것을 막는 진입장벽은 하드웨어, 한국, 여성, 표준화 된 입시교육 등"이라며 이공계의 여성 소외 현상도 메이커 저 변 확대의 걸림돌 중 하나라고 지적했다.

5
퇴사 이전의 삶,
해외취업

2018년 어느 늦은 가을 오후에 찾은 서울 잠실롯데호텔 컨벤션센터 2, 3층 복도는 면접용 검은색 정장을 입은 20~30대 초반 한국 청년들로 가득했다. 이들은 고용노동부와 코트라 등이 주최한 '2018 일본 취업박람회'에 사전등록을 하고 필기시험·면접을 기다리며 마지막까지 자기소개서나 회사소개 책자를 붙들고 있었다. 3층 행사장 밖 복도에서 만난 계명대 일어학과 졸업생 김미지 씨는 10분 후에 시작된다는 다이이치교통산업 면접을 기다리며 회사 정보, 자기소개서를 훑어보고 있었다. 다이이치교통산업은 2017년 매출 1,007억 엔을 올린 후쿠오카 소재 대형 운수 업체다. 일본에서 가장 많은 택시를 보유한 회사로 유명하다. 내년 10월 한국사무소를 개설할 예정이지만, 이번에 채용할 한국인 신입직원은 후쿠오카현 기타큐슈시 본사에서 근무하게 된다. 다이이치 신입사원의 연봉은 240만 엔(약 2,500만 원)이다. 월 급여와 상여금, 승급 시기는 물론이고 입사 시기도 모두 이 회사 채용정보란에 명시돼있다. 김미지 씨는 "전공이 일본어라서 일본 취업 기회를 알아보고 있다"라며 "일본 기업들이 한국에까지 와서 채용박람회를 여니 직접 일본까지 가지 않아도 돼 좋다"라고 말했다. 김 씨는 "회사가 한국에 직접 진출하고 한국인을 채용하겠다는 의지가 강하니 회사 내에서도 기회를 많이 얻을 것 같다"라고 기대했다. 면접은 일본어로 진행된다고 했다.

2층으로 내려가니 우측 한 편에 일본 정보기술(IT) 기업 시스테나가 설명회 준비를 하고 있었다. 시스테나 관계자는 회사에 한국인 직원 2명이 근무하고 있다며 이렇게 말했다. "한국인 직원들이 최선을 다해 일하는 모습을 보고 이번 취업박람회에서 설명회를 진행하기로 했다. 이번에는 IT 지원 엔지니어를 신입으로 채용할 생각이다. 회사에 중국인 개발자 등도 많은데 입사에 가장 필요한 건 일본어 커뮤니케이션 능력이다. 우리는 라이프 밸런스(삶의 질)를 중시하는 회사다."

이야기를 마친 시스테나 직원 2명은 다시 설명회 준비를 시작했다. 지창은 씨는 이들이 마이크를 체크하고 발표 자료를 화면에 띄워보는 등 분주한 와중에도 앞에서 두 번째 자리에서 미동도 없이 혼자 앉아 있었다. 그의 손에는 코트라에서 참가자들에게 나눠주는 팸플릿이 들려있었다. 지창은 씨는 숭실대 일어일문학과를 2014년 2월 졸업하고 지난 4년 동안 국내 대기업 공채에 응시했다. 지 씨는 여전히 구직자 신세다. 그가 일본 취업을 생각하게 된 건 나이 때문이다. 그는 내년이면 서른셋이 된다. "한국에서 신입으로 지원하기에는 나이가 너무 많다고 생각했다. 어릴 때 일본에서 생활했던 경험도 있어 일본 취업을 알아보려고 왔다"라고 했다. 취업포털 인크루트가 2018년 상반기 채용을 진행한 국내 상장사 571곳을 조사한 결과 상반기 대졸 신입으로 취업에 성공한 구직자 중 가장 나이가 많은 사람들의 평균은 30.9세였다. 상반기 신입직원 평균나이는 27.4세다.

2018 일본 취업박람회는 일본에 취업하는 한국 청년들이 해가 갈수록 늘어나면서 고용노동부가 코트라·한국산업인력공단과 함께 2018년 처음으로 단독 개최한 행사다.

일본에 취업한 한국인의 수는 갈수록 증가해 2018년 초 기준 5만 명을 넘겼다. 코트라 관계자는 "해외 취업 트렌드가 바뀌면서 기존에는 다른 나라와 묶어서 진행하던 일본 취업 지원을 따로 떼 진행했다"라고 말했다. 일본 취업박람회는 2018년 11월 5일 부산 벡스코에서도 열렸다. 두 번의 행사에는 총 112개 일본 회사가 참여했고 신입 공채 위주로 한국 청년 700명을 최종 채용할 예정이다. 2017년 포브스 '글로벌 2000 기업'에 뽑힌 소프트뱅크·닛산자동차를 포함해 세계 액정표시장치(LCD) 유리 점유율 20%인 '일본전기초자한국', 테마파크를 운영하는 '하우스텐보스' 등 쟁쟁한 기업도 포진해있었다. 그만큼 사전 접수 경쟁도 치열했다. 스미토모 전기공업 등 10여 개 기업에는 한국 청년들의 이력서가 수백 장씩 몰렸다. 직접 가본 박람회는 설명회 위주가 아니라 실제 채용에 초점이 맞춰져 있는 게 눈에 띄었다. 행사 도우미들이 밖에서 대기 중인 면접자 이름을 크게 호명하기도 하고, 단체 면접장에는 면접자를 제외하고는 출입이 통제되기도 했다. 긴 테이블이 10여 개 배치된 작은 방은 필기시험 전용 공간이었다. 여러 기업이 이곳에서 필기시험을 치렀다.

지난 6월 현재 일본에 거주 중인 외국인은 263만 명으로 사상 최대치를 기록했다. 주목할 점은 일본 정부가 자국에 유학 온 외국인 학생의 현지 취업을 크게 늘리는 정책을 펴고 있다는 점이다. 취업비자를 많이 내주는 형식이다. 일본 내 외국인 유학생이 대학·전문학교를 졸업하고 취업하기 위해서는 근무 직종에 맞게 재류 자격을 전환해야 하는데 이런 부분에서도 융통성을 발휘하겠다는 얘기다. 아사히 신문은 최근 일본 법무성 자료를 인용해 2017년 일본에서 대학을 졸업한 외국인 유학생 중 일본 취업을 위해 재류자격을 변경한 인원이 2만 2,419명이었다고 보도했다. 2016년보다 15.36%나 늘어난 수치다. 아베 신조 일본 총리가 집권한 2012년 때의 1만 969명보다 유학생의 일본 현지 취업이 두 배 가까이 늘었다. 주로 중국·베트남 출신 유학생이 많았다. 중국인 유학생 1만 326명이 일본 취업을 선택했다. 유학생 등 취업을 위한 외국인들의 재류 자격 변경 허가율은 무려 80.3%로 사상 최고치를 기록했다. 자격 변경 신청을 거절당한 이들의 수도 5,507명으로 사상 최대였는데, 대부분 단순 노동이 목적이거나 학교를 졸업하지 않고 신청한 이들이다. 재류자격이 변경하려면 전문학교 이상 졸업자의 경우 전공 내용과 직무 연관성을 입증해야 한다.

일본은 2019년부터 5년간 총 34만 명의 외국인 노동자를 수용하는 계획을 담은 출입국관리법 개정안을 참의

원 본회의에서 통과시켰다. 사실상 이민정책을 담은 것이지만 일본 정부와 여당인 자민당은 야당과 시민들의 반발을 의식해 '이민 국가'가 됐음을 부인하고 있다. 법안의 핵심은 간병·농업·건설 등 14개 업종에서 근무하는 외국인에게 최장 5년간 체류를 허가하는 특정 기능 1호 비자, 고급 외국인 인재가 영주권을 얻을 수 있고 가족 동반 거주도 가능한 특정 기능 2호 비자를 발급하는 것이다. 원안은 외국인 취업자 50만 명을 수용할 계획이었지만, 논의 과정에서 15만 명이 줄었다.

한국 미혼 청년들의 일본 취업이 늘어나는 것은 일차적으로 일본 정부의 외국인 일꾼 모시기 정책 덕분이다. 지난 1월 일본 후생노동성이 발표한 일본 내 외국인 노동자 수는 2017년 10월 기준 127만 8,670명을 기록했다. 외국인을 고용한 사업장도 19만 4,595개다. 일본 노동성이 이 통계를 발표한 이래 외국인 노동자 수, 고용 사업장 수 모두 사상 최고치를 경신했다. 외국인 노동자 수는 1년 만에 무려 18%나 증가했다. 국적별로는 중국이 37만 2,263명으로 전체의 29.1%를 차지해 가장 많았다. 베트남은 24만 259명, 필리핀이 14만 6,798명, 브라질은 11만 7,299명이었다. 한국 국적의 일본 취업자 수는 5만 5,926명으로 전체 외국인 취업자의 4.4%를 차지했다. 다만 증가율이 크게 높아졌다. 한국인의 일본 취업은 2011년 이전 10% 이하의 증가율을 유지하다가 2015년 11.3%로 뛰었고, 2016년 16%에 이어 이제 20%에 육박하고 있다. 한국인 취업자는 숫자로는 다른 나라들에 비해 적지만 전체 인원의 무려 44.2%인 2만 4,694명이 전문 기술 분야에 해당해 양질의 일자리를 갖는 데 성공했음을 보여준다. 한국인 일본 취업자의 '전문적·기술적 분야의 체류 자격' 소지 비율은 선진국들인 G7 국가들과 비슷한 수준이다.

지금까지가 일본 취업 붐의 현재 모습이라면, 잠실에서 만난 김미지 씨와 지창은 씨는 최근 몇 년간 일본 경제의 호황에 따른 구인난과 한국의 높은 청년실업률이 빚은 일본 취업 붐의 미래라고 할 수 있다. 박람회에 참석한 일본 기업 112곳은 대부분 면접을 일본어로 봤다. 완벽한 일본어 구사 능력과 중상위권 이상의 영어 능력, 그리고 인턴 경력이나 공모전 수상 경험 등 국내 대기업 입사를 위해 준비했던 한국 청년들의 스펙이 결합되니, 한 일본 기업 면접관이 언급했든 '목숨 바쳐 일하는(잇쇼켄메이: 一生懸命) 슈퍼 신입사원'이 탄생한 셈이다.

일본 대기업 중에서도 가장 상위권에 속하는 대형 광고회사에 2014년 입사한 최겸 씨의 경우가 그렇다. 경기도의 한 외국어고등학교에서 일본어를 전공한 최겸 씨는 고등학교 때부터 일본 유학을 준비했고, 2005년 일본의 명문 국립대인 히토츠바시대학 사회학과에 입학했다. 이후 도쿄대학 대학원에서 사회학 석사학위를 받았다. 최 씨는 대학원 재학 중이던 2013년 여름 회사 입사가 내정됐고, 2014년 4월부터 근무하고 있다. 일본 대학은 4월에 학기가 시작되기 때문에 보통 졸업 전년도 여름부터 취업 활동을 시작한다. 최 씨는 "원래 유학을 가고 싶었고 일본어 전공이라서 일본을 택했다"라며 "학부에 다닐 때는 교수가 되고 싶었지만, 석사 2학년 때 박사 진학 심사를 앞두고 문과 박사 진학에 대한 현실적인 고민을 하다가 취업을 하자고 결심했다"라고 말했다. "요즘은 일본 기업들도 외국인 유학생을 따로 뽑겠다는 생각을 시작한 것 같지만, 기본적으로 대부분의 일본 대기업은 유학생들도 일본인 졸업생과 동일한 입사 과정을 거친다. 일본은 졸업 예정자를 대상으로 거의 일괄적인 '신입 졸업예정자 공채'를 한다. 일본 경제인단체 소속 기업들이 이런 제도를 바꾸자는 얘기를 해왔지만, 오랫동안 일괄 공채를 했기 때문에 대기업들 공채는 비슷한 시기에 끝난다."

일반적으로 선호하는 유학 지역인 미국과 달리 일본 유학에는 분명한 장점이 존재한다. 가장 큰 건 학비다. 미국에선 유학생 1년 경비가 학비 포함해 1억 원을 넘는 경우가 많다. 그러나 일본은 국립대의 경우 1년 학비가 500~600만 원 수준이다. 사립대의 1년 학비 상한선도 1,200만 원으로 정해져 있다. 특히 장학금 제도가 상당히 잘돼있기 때문에 실제로 들어가는 비용은 더 적다. 대학교육연구소(KHEI)가 2017년 11월 펴낸 한국 대학의 등록금 통계 보고서에 따르면 2017년 사립 일반대학 연간 평균 등록금은 740만 원, 국립 일반대학은 422만 원이다. 2013년과 비교해 사립 일반대는 4만 원, 국립 일반대는 2만 원 인상됐다. 일본 문부과학성 통계에 따르면 2016년 일본 대학의 연간 학비는 국·공립대가 평균 53만 5,800엔(약 535만 원), 사립대가 평균 86만 4,400엔(약 864만 원)이었다. 최겸 씨는 "한국인 유학생들은 일본 문부과학성이 주는 정부 장학금도 많이 받고, 한국 정부와 공동 장학생 제도도 많이 활용한다"라며 "그 외에도 일본학생지원기구인 JASSO가 지급하는 장학금도 있다"라고 설명했다. 일본 정부 계열 장학금을 받는 국·공립대 재학 유학생은 학비가 무료다. 학생들이 자유롭게 아르바이트를 할 수 있다는 점도 장점 중 하나다. 최 씨도 "만약 학비를 지원받고 아르바이트도 한다면 서울에서 생활하는 것과 비용 면에서 큰 차이가 안 난다"라고 설명했다.

일본 취업의 과거와 현재는 밝은 편이다. 일본 취업의 미래도 그럴까? 지금까지의 붐을 가장 간단하게 설명하는 건 숫자다. 양국 간 청년 실업률 변화는 극적이다. 2017년 일본의 청년 실업률은 4.1%로, 9.5%였던 한국 청년실업률의 절반에 불과했다. 7년 전만 해도 한국의 청년실업률이 6.9%로, 7.1%였던 일본보다 더 낮았다(2010년 기준). 2019년 11월 현재 일본의 청년 실업률은 3.8%, 한국은 7.0%다. 일본은 아베 정권의 경기 부양책이 인구 감소, 고령화, 대기업과 중소기업 간 임금 균형 등 복합적이고 구조적인 이유와 결합돼 경기 호황을 누리고 있다. 이에 따라 일손 부족 현상을 겪으면서 외국인 인재 유치 정책을 적극적으로 펼치고 있다. 이런 현상은 미래에도 역전될 기미가 보이지 않는다.

장근호 한국은행 경제연구원 부연구위원과 김남주 부연구위원, 박상준 일본 와세다대 교수가 2019년 12월 6일 발표한 「한국과 일본의 청년실업 비교 분석 및 시사점」 보고서는 양국의 청년실업 원인이 구조적으로 다르기 때문에 일본은 고용 사정이 개선됐어도, 한국의 경우는 그리 간단치 않을 것이라고 지적했다. 우선 한국의 중소기업 임금은 대기업의 55%에 불과하지만 일본은 80%대를 유지해왔고, 신입사원 초임은 90%에 육박한다. 일본 청년들의 사회 진출이 한국보다 쉽게 이뤄질 수 있는 이유다. 산업 구조 자체가 다른 점도 문제다. 일본의 500인 이상 대규모 사업장 종사자는 전체의 24.3%인데 반해 한국은 14.3%에 불과하다. 양극화도 문제다. 한국 대기업 평균 임금은 2010년부터 5년간 일본에 비해 20.7%나 더 올랐지만, 종업원 499인 이하 기업에선 오히려 일본의 평균 임금이 3.2% 더 올랐다. 일본 일자리가 최근 몇 년 새 급증한 것은 고령화로 인한 청년 인구의 감소 영향으로도 해석할 수 있지만, 한국 청년 일자리 문제는 구조적인 요인 탓에 일본처럼 좋은 방향으로 나아가지 못할 가능성이 크다는 게 보고서의 요지다. 일례로 청년 인구의 비중이 2017년의 한국(19.8%)과 유사했던 2007년 일본의 청년 실업률은 20~24세 7.5%, 25~29세 5.7%에 불과했다. 하지만 2017년 한국의 청년실업률은 20~24세 10.6%, 25~29세 9.5%로 외환위기 이후 최악의 상태가 지속되고 있다.

한국과 일본이 외교적으로 경제적으로 어떤 상태이든, 일본의 청년 일자리가 한국보다 훨씬 양질이고 그 수 또한 많다는 사실은 변함이 없다. 비미족 한국 청년들의 일본행은 단기간의 유행이 아니다.

경제성장률에 집착하는 사람들

2012년 1분기 이후 지금까지 한국 경제가 전년 동기 대비 3% 이상 성장한 분기는 10번으로 절반이 안 된다. 저성장 기조는 이미 오래전 시작됐고, 사실상 경제가 안정상태에 도달한 것으로 볼 수 있다. 문제는 우리가 그 이상을 바라고 있다는 점이다.

우리는 여전히 '한강의 기적'이란 말을 쓰고 있듯 '기적'이 기적처럼 이어지기를 바란다. 한강의 기적이란 말은 2차 세계대전 이후 독일 경제가 크게 성장하면서 나온 '라인강의 기적'을 모방한 말이다. 그런데 독일의 경제성장률이 얼마나 높았기에 기적이란 말이 나왔을까? 1948년부터 1972년 오일쇼크 전까지 독일은 연평균 5.7% 성장했다. 같은 기간 일본의 연평균 경제성장률은 8.2%였다. 한국은 1953년 이후 1997년 외환위기 이전까지 가장 좋았던 기간의 평균이 7%대였다. 하지만 경제학자들은 이 중 가장 고성장했던 일본조차 기적이라기보다는 전쟁으로 자본이 파괴된 국가가 정상화되는 과정이라고 본다.

그레고리 맨큐(Nicholas Gregory Mankiw) 하버드대 경제학과 교수는 국내 경제학과에서도 교과서로 많이 쓰는 『거시경제학』 책에서 일본과 독일의 전후 경험은 전쟁으로 자본이 파괴되면서 급격한 생산량 감소가 온 이후 평균에 도달하기 위해 높은 성장이 뒤따르는 것이라며, 기적이라는 양국의 경제성장도 그 모형 내에서 움직이는 것이라고 설명하고 있다. 2000년대 이후 평균 경제성장률을 보면 미국은 2%, 일본은 0.9%였다.

한국의 잠재성장률은 대략 2.5~2.9% 정도다. 한국은행은 2.8~2.9%로 추정하고 있다. 한국은행은 집필자 개인의 의견임을 전제로 우리 경제의 잠재성장률이 2000년대 초반 5% 내외에서 2010년대 들어 3% 초중반으로 하락한 데 이어 2016~2020년 중에는 2.8~2.9%일 것으로 추정하는 이유 두 가지를 꼽았다. 우선 생산성의 하락이다. 여전히 서비스업 발전이 미흡하고, 규제 등으로 경제 생산성이 약화됐기 때문이다. 다음으로 자본축적의 약화다. 고도성장 과정에서 자본축적도가 이미 높은 수준에 도달하면서 추가 상승이 어려워졌고 글로벌 금융위기 이후 경제 불확실성이 증가했기 때문이다. 여기에 더해 미국과 중국의 무역전쟁이 시작되면 그 여파로 당분간 경제성장률이 크게 줄어들 것이라는 분석도 나오고 있다. 일본 미즈호종합연구소는 올 4월 무역전쟁이 본격적으로 시작되면 한국 GDP가 약 1.1% 포인트 줄어들 것이라고 분석했다. 분쟁 당사국인 미국의 -0.9%보다 0.2% 포인트나 더 줄어들 것이라는 전망이다.

미국 정부는 지난 10여 년간 연평균 2%대 성장을 해왔지만 목표는 항상 3%였다. 분기별로는 지난해 3분기에 이어 올해 2분기에도 전년 대비 성장률 3%를 넘겼다. 래리 컷들로(Larry Kudlow) 백악관 국제경제위원장은 지난해 경제 방송사 CNBC가 주최한 '알파 콘퍼런스'에서 "2분기 경제성장률 3%를 달성하고 몇 분기 동안은 4%에 이를 수도 있다"라고 밝혔다. 미국은 2008년 이후 달러를 찍어내면서까지 경제성장 3% 달성에 집착해왔다. 세계 최고의 경제대국 자리를 놓치지 않기 위해서는 그만큼의 성장이 필요했기 때문이다. 중국은 6.5%라는 경제성장률 목표를 놓지 않고 있다. 중국의 민간 경제 연구소인 화샤신공급경제학연구원(華夏新供給經濟學研究院)은 이렇게 성장하면 2025년 미국을 제치고 세계 1위 경제대국이 될 수 있고, 현재 중국의 군사력도 유지할 수 있다고 분석했다. 한국 역대 정부들도 하나같이 경제성장률에 집착해왔다. 사실 경제성장률 특히 잠재경제성장률을 높이는 방법은 비교적 명확하다. 하지만 달성하기가 쉽지 않다. 인구가 늘어나 노동인구가 증가하거나, 저축 등 자본축적이 늘어나거나, 기술의 획기적인 발전으로 노동 효율성이 높아져야 하기 때문이다. IMF는 지난 2014년 이런 문제를 지적하며 한국이 잠재경제성장률 하락을 막기 위해서는 여성과 청년의 노동 참가율을 높이고, 규제를 완화해야 하며, 서비스업 생산성도 높일 것을 주문했다. 특히 노동 보호 정책을 축소하고 구조조정을 더 광범위하게 실시하라는 충고도 했는데, 경제는 성장할지 모르지만 경제 구성원 특히 가계의 삶의 질에는 좋을 것 없는 처방이다.

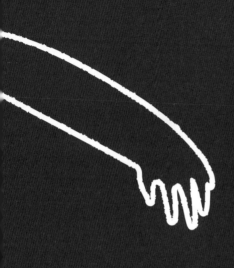

제 3 장

비·미혼 라이프사이클

이 장에서 소개하는 비혼과 미혼의 라이프스타일을 꿰뚫는 건

'취향'이라는 키워드다. 비혼이 트렌드로 자리잡은 건

비교적 최근의 일이기에 대부분 20~30대들의 얘기가 많지만,

혼자 살기에 가능한 것들도 많다.

1

집이 아닌 회사에서
집밥을 먹는다

디자인 회사 퍼셉션(Perception)을 운영하는 최소
현 대표는 2019년 8월 7일 오후 5시 외부 일정을 서둘러 마
무리 짓고 회사로 복귀했다. 디자인·브랜드 컨설팅 회사인 퍼
셉션은 최근 한 오프라인 유통업체 브랜드의 온라인 시장 진
출 프로젝트를 맡았는데, 잠재 소비자들을 만나 이들의 의견
을 듣는 중요한 일정이 이날 오후 7시 30분에 잡혀있었기 때
문이다. 하지만 가방을 내려놓기가 무섭게 최 대표가 찾은 곳
은 회의실이 아니라 사무실 한편에 있는 주방이었다. 최소
현 대표는 2시간 만에 14인분의 근사한 식사를 준비했다. 그

가 이날 두 시간 동안 만든 음식은 따뜻한 토마토 야채수프, 수박과 치즈를 넣은 양식 풍의 샐러드, 버섯으로 한식 느낌을 살린 샐러드, 메인으로는 집에서 하루 동안 양념에 쟁여온 통삼겹살 구이와 해산물 구이다. 단호박과 브로콜리를 사용한 야채구이와 빵 위에 제철 과일을 올린 과일 부르스케타와 함께 주먹밥도 곁들였다. 이 정도 양의 음식을 두 시간 만에 준비하는 건 아마추어에게는 무리다. 최 대표는 한식, 중식 조리사 자격증에 바리스타 자격증까지 가지고 있다. 한 권 두 권 사 모은 요리책은 500권을 넘는다. 퍼셉션의 한 미혼 직원은 "회사에서 집밥을 먹는 게 너무 좋다"라고 대표에게 말했다. 셰어하우스에 살고, 회사에서 함께 밥을 먹는 이 회사 비미족 직원들에게는 밥이 최고의 복지였다.

같이 밥 먹는 행사를 했다던데, 어떤 행사였나?

오프라인 유통업체의 온라인 식품몰 프로젝트를 하고 있다. 요즘 이 분야 경쟁자가 많다. 1등이 목표가 아니라 식문화를 중심으로 고객에게 더 좋은 경험을 줄 수 없을

지 고민해보자는 거다. 어제는 '포커스그룹 디스커션(Focus group discussion)'을 했다. 우리 회사에 주방도 있으니까 음식을 함께 먹으면서 얘기를 해보자는 취지였다. 지난주 금요일에 내가 페이스북 개인 계정으로 포스팅해서 지원을 받았는데 40분 만에 14명이 지원을 했다. 이 중 일부와 우리가 꼭 의견을 듣고 싶었던 분들을 포함해 14명을 초청해서 밥을 먹었다. 주제는 '나에게 식사란 무엇인가'였다. 프로젝트로 시작은 했지만, 정말 먹는 게 무엇인지에 대한 얘기를 많이 나눴다. 결론적으로 새로운 신규 서비스를 만들어도 거창한 게 아니라 이분들이 원하는 좋은 식문화를 하나만 건드려도 성공이겠다고 생각했다.

음식 관련 신사업은 외식사업을 전문으로 하는 컨설팅 업체가 하지 않나? 디자인 회사인 퍼셉션이 하는 이유는?

창업한 지 17년째다. 디자인 전략, 브랜드 컨설팅을 해왔다. 그중에 음식과 관련된 프로젝트도 많이 맡았다. 최근에는 할리스커피(HOLLYS COFFEE)의 브랜드 작업을 했다. 이런 프로젝트는 참가자들이 특히 관심을 보여야 하는데, 나를 비롯해 우리 직원들이 먹는 것에 관심이 많다는 것을 업계분들이 알고 있었던 점도 작용한 것 같다.

퍼셉션은 강남에서 8년, 홍대에서 8년을 보내고 2018년 성수동으로 이사를 했다. 2018년 송년회도 회사 주방에서 최소현 대표가 직접 요리해 음식을 마련했다. 퍼셉션의 주방은 다른 회사들과는 전혀 다르다. 서재와 도서관이 합쳐진 듯한 공간을 지나면 어지간한 회의실보다 큰 주방이 있다. 유리문이 있지만 항상 열려있어서 개방형 주방처럼도 보인다. 주방 한가운데에는 14명이 다 같이 앉아 식사를 할 수 있는 원목 테이블이 있다.

다른 회사들에 비해 확실히 음식에 관심을 많이 두는 것 같다.

팀 리더들의 분위기에 달린 것 같다. 작년 송년회 때도 회사에서 음식을 만들어 먹자고 제안한 건 직원들이었다. 회사가 홍대에 있을 때는 1층 '디자이너스 라운지'라는 카페를 운영했었다. 사실 일 때문에 음식 자격증을 땄다. 할리스커피와 일하면서 나와 팀장 한 명이 바리스타 자격증을 땄고, 한식 조리사 자격증은 2014년에 광주비엔날레 준비하면서 다른 분들과 책을 준비하면서 따게 됐다. 중식 자격증은 필기시험 면제 기간이었는데, 다른 사람들과 같이 먹을 수 있게 음식을 많이 만들 수 있을 것 같아서 땄다.

최근 뉴욕타임스에 여행 칼럼을 쓰는 스테파니 로젠블룸(Stephanie Rosenblum)의 책 『누구나 혼자만의 시간이 필요하다』가 번역돼 나왔다. 로젠블룸은 혼자 밥을 먹는 이른바 '혼밥'의 대명사로 한국을 꼽았다. 혼밥의 시대에 같이 먹는, 그것도 직접 만들어서 먹는 걸 중요시 하는 이유는 무엇인가?

요즘 식구들끼리 같이 밥 먹는 기회가 많지 않다. 횟수가 중요한 건 아니지만 주말에라도 아이들과 밥을 함께 먹으면서 얘기하는 시간을 자주 만들려고 한다. 고맙게도 아이들이 밥 먹는 시간만큼은 방문을 열고 나와서 함께 얘기한다. 디자인, 트렌드 연구를 하다 보면 당연히 지금이 혼밥의 시대이자 1인 가구의 시대라는 자료를 많이 본다. 작년에 건설회사 프로젝트를 맡으면서 '미래 시대의 주거 문화'를 연구했다. 혼밥의 시대라고 하는데, 정말 혼자 있는 걸 좋아해서 밥도 혼자 먹는 걸까? 한국은 세대 간의 단절이 굉장히 빠르게 나타나는 사회다. 관계에 집착하는 사회였기 때문에 혼자 밥을 먹는다는 것에 빠르게 반응한 거라고 생각한다. 우리가 파악하기로는 혼자가 좋아서가 아니라 관계의 불편함을 피하기 위한 게 혼밥이다. 그렇다면 어떻게 바꿀 수 있는지를 고민해봐야 한다. 직원들이 함께 아침을 먹고, 점심도 먹고 하다 보니, 다음날 출근해서 서로 "잘 잤어?"라고 인사한다. 밀레니얼 세대가 혼밥의 세대이고 개인의 세대라고 하지만, 이들은 함께 뭔가를 하는 걸 정말 좋아한다. 독서 모임도 하고, 공부 모임도 한다. 인간은 무언가를 가운데 놓고 모이기 마련이다. 그렇다면 우리는 무엇을 통해 모일까 고민했다. 먹는 것만 한 게 없다고 생각했다.

미혼 직원들이 부담스러워할 수 있지 않을까?

우리는 이 건물 8~10층에서 코워킹스페이스(Co-working space)도 운영하고 있다. 입주자들이 그곳 매니저들에게 간식을 나눠 먹으라고 주고, 매니저들은 또 우리에게 음식을 나눠준다. 간식을 나눠 먹듯이 크게 부담스럽지 않은 수준이지만 의미가 있다. 해외 아티스트들 중에는 주방을 만들어서 '패밀리 밀(Family Meal)', '스텝 밀(Staff Meal)'이라고 해서 주방에서 음식을 함께 해먹는 경우가 있고, 직접 요리책(레시피 북)도 낸다. 이분들도 같은 생각일 거라고 생각한다.

최 대표는 "음식 만드는 과정은 디자인과 비슷하다"라고 말을 이었다. "클라이언트는 아니지만 대상이 있고, 맥락이 있고, 조리와 같은 과정을 거쳐 플레이팅(Plating:접시에 담는 것)을 하는 게 프레젠테이션까지의 과정과 비슷하다."

최 대표는 음식을 제공하는 곳이 있다는 게 엄청난 복지라고 얘기하는 직원들에게 고맙다고 말했다.

밥을 같이 해먹기 전과 후가 조직적으로 달라진 게 있나?

우리 회사에선 처음부터 같이 밥 먹는 문화가 중요했다. 다만 규모나 횟수 면에서 사무실을 옮기면서 요리와 식사가 늘어난 것을 비교해 보면, 조직적 차원에서도 직원들이 싫지 않다면 같이 뭔가를 해보려는 시도는 중요하다고 생각했다. 회의실에서 회의하는 것과 식당에서 회의하는 것은 다르다. 내가 커피 마시려고 주방에 갔다가 직원들과 자연스럽게 얘기를 할 때도 있다. 대표가 개입할 수 있는 여지를 만드는 것은 좋은 것 같다. 타인에게 잘 보이기 위한 자리인 회의실이 아니라 먹는 것을 나누는 자리에서 얘기를 나누면서 직원들끼리 서로 배우고 깨달을 수 있는 게 좋다.

'닭이 먼저냐 달걀이 먼저냐'일 수 있지만, 회사가 이런 분위기를 만들어서 성장한다고 생각하나, 성장을 하다 보니 분위기가 좋아졌다고 생각하나?

아무리 분위기가 좋아도 회사는 성장해야 하고 시간이 지나면 연봉을 올려줘야 한다. 그게 선결되지 않는데 분위기만 좋다고 되진 않는다. 그건 우리 세대까지의 얘기다. 모든 직원들이 우리 회사에 영속적으로 있을 순 없다. 가끔 직원들이 커리어 상담을 하러 온다. **(식사 자리의 연장인가?)** 맞다. 밥 먹자고 하면서 얘기한다. 무거운 주제라도 밥 앞에서는 말문을 열기가 편하다고 한다.

2

취향관에서
취향을 빼면 남는 것들

　　서울의 오래된 단독주택은 이제 레어템(Rare item
의 줄임말, 보기 드문 제품)이다. 마당이 넓고 예전 그대로
의 내·외관을 갖춘 곳이라면 더욱 그렇다. 아주 약간만 손
질한 합정동의 건평 40평, 대지 100평짜리 단독주택이 회
원제 살롱 '취향관' 건물이다. 담은 허물었지만 화단을 좌우
로 길게 놓고, 집 어딘가에서 떼어온 듯한 낡은 방문을 대
문 대신 쓰는 정도다. 대문에는 취향관이란 팻말 하나가 걸
려있다. 취향관은 적산가옥 같은 빈티지라기보다는 요즘 한

창 뜨는 1980~1990년대의 레트로라고 할 수 있다. 문을 열고 들어가면 오른쪽이 바, 왼쪽이 거실이다. 기자가 방문한 날은 유튜버 '영국남자'의 강의가 2층에서 있었다. 외부인인 나는 바와 책장으로 만들어진 문을 열고 들어가면 나오는 밀실처럼 생긴 회의실에만 출입할 수 있었다. 2018년에는 회원과 함께 오면 비회원이라도 바에서 머무를 수 있었는데, 2019년부터는 아예 외부 사람을 받지 않는다.

"게스트 제도를 없앤 건 공간이 부족해서가 아니라 회원들이나 게스트들의 (취향관) 경험이 좋지 않았기 때문이다. 회원들이 취향관에 한번 가보고 싶다는 지인들을 데려왔지만, 바에만 머물러야 해서 제대로 된 경험을 못 한다고 생각했다." 현재 100명이 좀 안 되는 이곳 회원들이 '케이트(Kate)'라고 부르는 박영훈 취향관 공동 대표는 문을 연 지 1년이 된 취향관의 다음 단계를 고민하고 있다며 이렇게 말했다.

취향관은 대부분 비미족인 회원들이 모여서 사교를 나누고, 서로의 취향을 공유하는 작은 모임을 운영하며, 프로젝트성 이벤트도 하는 곳이다. 정확히 뭘 하는지 모르게 회원들끼리 뭔가를 함께 한다는 취향만은 확실한 곳이다. 최근 유행하는 독서 모임 등 유료 오프라인 모임들과 한 카테고리로 묶을 수 있다. 지난 1년간은 3개월씩 분기제로 회원을 받았고, 2018년 4월부턴 회원을 상시로 모집한다. 1년 회비는 150만 원.

과거 시즌제로 운영할 때는 시즌마다 사진, 글쓰기처럼 특정 테마를 잡고 함께 모여 공동 작업을 하고 전시회도 했다. 회원들이 직접 소모임을 꾸며서 다른 회원들과 정기적으로 만나 음악이나 잡지 등을 공부하거나 만들기도 한다. 이들은 이런 소모임을 '살롱'이라고 부른다. 하루에 1~2개 살롱이 열린다. 회원들이 직접 운영자에게 제안을 하고, 심사를 거쳐서 승인을 받는다. 하루에 취향관을 찾는 회원은 대략 20여 명이다. 대부분 20~30대 중반이다. 박 대표는 회원들 직업이 다양하다며 예를 들었지만 대부분 대단해 보이는 사람들이다. "방송국 PD, 검사, 의사, 프리랜서 작가, 간호사, 선생님 등 정말 다양하다. 개그콘서트로 유명한 서수민 PD도 우리 멤버였다." 독서 모임은 한 달에 한 번 가면 몇 만 원씩 들고, 모 카드회사가 과거에 운영하던 멤버십 클럽은 연회비 수백만 원짜리 카드에 가입해야 갈 수 있는데 비하면 그렇게 비싸지 않다는 게 이들의 판단이라고 한다.

페이스북, 트위터와 같은 소셜미디어로만 소통하던 사람들이 몇 년 전부터 다시 직접 만나기 시작했다. 하지만 모르는 사람들과 느슨하게 만나는 것을 선호하는데, 이는 밀레니얼 세대의 특징이다. 미국에서는 오래 전 사라졌던 북클럽이 돌아왔다. 뉴욕타임스는 2014년 3월 '정말 북클럽에 가입 안 하셨나요?'란 칼럼에서 직접 만나 토론하는 북클럽 문화가 유행을 타고 있다고 보도했다. 최근 국내에서도 소셜 살롱, 북클럽을 수익모델로 한 기업들이 생겨나고 있다.

박 대표는 취향관과 이곳을 찾는 이들을 이렇게 표현했다. "여기는 여러 가지를 경험하면서 자기를 탐구하고 살롱에 참여해 다른 이들과 대화하면서 자신만의 취향을 정해가는 공간이다. 우리 밀레니얼 세대는 자신의 취향을 표현하는 사람들이다." 자신의 취향을 찾는 걸 다른 사람들이 도와주고 그에 맞는 프로그램도 맞춰주는데, 이 정도면 '취향계의 스카이캐슬'이 아닌지 박 대표에게 물었다. "대부분은 다 취향이 있다. 다만, 우리는 취향이 취미가 아니라 어떻게 살 것인가에 대한 문제라고 생각한다. 나는 어떤 사람인지 얘기하고 탐구해보자는 거다. 서로 얘기를 나누면서 '아, 나는 이런 취향이 있었지' 혹은 '저 사람 취향이 좋은 것 같네' 하면서 차용하는 경우도 있다."

취향관은 작명과 콘셉트의 힘이 컸다는 평가도 있다. 박영훈·고지현 공동 대표는 2012년 이명박 정부에서 청와대 인턴 생활을 하면서 만났다. 고 대표는 홍보수석실에서,

박 대표는 사회특보실에서 일했다. 1년이 지나 고 대표는 음악전문 방송국에 입사했고, 박 대표는 청와대 홍보기획비서 관팀에서 대통령 이미지를 관리하는 업무를 맡았다. 대통령이란 브랜드를 설정하는 게 5년 동안 박 대표가 한 일이다. 두 사람은 아프리카TV, 유튜브 등에서 1인 방송을 하는 이들을 모아서 콘텐츠 유통 및 판매 등을 해주는 MCN(Multi Channel Network) 회사에서 다시 만났다. 유튜버 영국남자를 만난 곳도 이 곳이다. 세 사람은 '킷스튜디오(KIT Studio)'라는 회사를 차렸다. 영국남자 유튜브 채널에 올릴 동영상 콘텐츠를 기획하고 제작한다.

취향관은 그저 좋은 사람들이 모여서 시간을 보내는 한가한 공간은 분명 아니다. 확실한 사업 목표가 정해져 있다. 킷스튜디오의 온라인 구독형 비즈니스 모델이 영국남자 채널이라면, 취향관은 오프라인 기반의 구독형 비즈니스 모델이다. 구독경제란 일정 금액을 정기적으로 지불하고 제품이나 서비스를 구독해서 사용하는 비즈니스 모델이다. 박 대표는 "둘 다 브랜드가 돈을 쓸만한 의미 있는 구독자를 모으는 일"이라며 "공간이 기반인가 영상이 기반인가 하는 차이"라고 말했다.

"애초에 큰 틀에서 보면 구독형 모델로서 플랫폼과

는 구별되게 기업 브랜드가 타깃팅 하기에 좋은 사람들을 모은다. 우리가 모든 사람을 만족시킬 필요는 없다. 우리 색깔에 맞는 사람만 모이면 된다. 그래서 이들의 취향에 대한 관심에서 시작하는 거다."

박 대표의 말처럼 취향관은 돈을 내면 모두 들어갈 수 있는 그런 곳이 아니다. 두 명의 공동 대표가 직접 면접을 보고 가입을 승인한다.

3

혼행길에서 우연히 만난 친구,
'너의 이름은'

시대를 대표하는 아이콘적 현상은 줄여 쓰기부터 시작한다. 그만큼 자주 쓰이기 때문이다. 혼행은 비미족을 대표하는 단어다. 혼자 밥을 먹으면 '혼밥', 혼자 여행을 가면 '혼행', 혼자 코인노래방을 가면 '혼코노'라고 줄여 부른다. 처음 혼자 떠나는 여행은 대개 격렬한 감정과 동행하고, 이 여행이 자기 인생의 한 챕터가 될 거라고 기대한다. 하지만 정작 홀로 여행을 떠나본 사람들은 혼행이 특별할 것 없었다고 얘기한다. 나도 혼행을 여러 번 다녀 보니, 마치 커다란 집의 이 방에서 저 방으로 옮겨가는 것 같은 시시함에 실망하

곤 했다.

혼행이 거스를 수 없는 트렌드라는 것을 증명하려는 사람은 이제 없다. 그럴 필요가 없기 때문이다. 국내 여행사인 모두투어는 몇 년 전까지만 해도 1인 여행객 비중 추이를 발표했었다. 그리고 2018년을 포함해 최근 몇 년간 모두투어의 전체 여행상품, 항공권 예약 중 1인 예약 비중은 한 번도 줄어든 적이 없다. 혼행 트렌드가 당연하게 자리잡으면서 2018년에는 이 자료를 공식적으로 발표하지 않았다. 모두투어 홍보팀 관계자는 "1인 가구가 늘어나고 있는데, 그만큼 혼자 가는 여행도 증가하는 게 당연한 결과"라고 말했다. 모두투어 여행상품을 혼자 예약한 비중은 2017년 18.7%에서 2018년에도 22.7%로 크게 늘었고, 1인 항공권 예매 비중도 2017년 46.8%에서 2018년 48.1%로 증가했다. 글로벌 여행 플랫폼 카약(KAYAK)의 한국지사에 따르면 2018년 1인 항공권, 호텔 숙박 검색 데이터가 1년 전보다 각각 13%, 17% 증가했다. 같은 기간 카약의 아시아태평양 지역 항공권 검색 증가율은 37%였다. 카약 아시아태평양 지역 홍보 담당자는 "한국에서도 1인 가구 증가에 따른 이른바 '솔로 경제'가 여행 산업에도 주요 트렌드로 작용하고 있다"라며 "개인의 주관적 기준에 의한 가치소비를 지향하는 신세대 가치관이 소비 트렌드를 주도하면서 취향에 따라 여행지를 선택하고 일정을 짜는 자유여행객이 증가한 것도 주요 원인 중 하나"라고 말했다.

모두투어 1인 여행객 중간 추이 (단위: %)

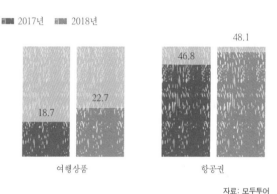

■■■ 2017년   ■■■ 2018년

자료: 모두투어

처음 혼행을 결심했던 이유가 무엇이었든, 돌아오는 길에서는 과연 무엇이 변했는지 모르는 복잡한 심경일 될 확률이 높다. 그리고 우린 계속해서 혼행을 하거나 더 이상 혼행을 가지 않기로 결심한다. 『나의 산티아고, 혼자이면서 함께 걷는 길』이란 책은 친동생이 뇌사 상태에 빠지고 무력함에 스페인의 산티아고 순례길로 떠난 저자의 일상이 담겨있다. 저자는 에필로그에서 "나는 그 먼 순례길을 떠나 한 달을 걸었지만 막상 다녀와 보니 변한 건 없었다"라고 고백하듯 쓴다.

혼행에 대해 글을 쓰기 위해 가장 처음 만났던 찬은 씨도 마찬가지였다. 여행이 직업인 그는 최근에 다녀온 여행지에서 스쿠버다이빙을 하면서 얼마나 재미있었는지, 어떤 음식이 맛있었고, 저렇게 인스타그램 친화적인 사진은 어떻게 찍었는지 신나게 얘기했다. 내가 질문을 하기 전까지 찬은 씨 표정은 아직도 여행지에 있는 듯 밝기만 했다.

"혼자 여행 갔다가 돌아오는 비행기에선 어떤 생각이 들어?" 찬은 씨 표정은 어두워졌고, 나는 당황했다. "음. 혼행은 내가 잘 살고 있다는 걸 증명하는 일인 것 같아. 그래 내가 이렇게 열심히 잘 살아왔어 하고. 그런데 돌아오는 비행기에서는 정말 허무하다는 생각이 들어."

좀 더 실체적이고 손에 잡히는 얘기를 해야 하는 때였다. 그와 난 어떻게 동호회를 고르는지, 자신이 속해있는 비미족 모임에 누가 또 있는지에 대해, 그리고 어떤 사이트에서 내가 책을 쓰는 데 도움이 될만한 사람들을 만날 수 있는지에 대해 길게 얘기했다. 나는 메모를 열심히 했다. 찬은 씨가 돌아오는 비행기에서의 감정을 다시 느끼지 않도록. 마침내 우리는 의류 브랜드 파타고니아(Patagonia)가 운영하는 캠핑 여행 동호회에서 '따로 또 같이' 여행을 해보는 게 좋겠다는 합의점을 찾았다.

"캠핑 모임이나 스쿠버다이빙 여행 모임은 충분히 개인적이면서도 외롭지 않아."

외롭게 혼자 떠나기 때문에 나와 똑같이 외로운 다른 누군가와 함께 여행지에 만난다면, 혼행은 '결혼하지 않으면 쓸쓸하게 늙어간다'는 무신경한 회사 선배의 조언과 다를 게 없는 것 아닐까? 나는 그 해답을 찾아 언론사 서비스 기획자로 일하는 박인혜 씨를 만나봤다. 인혜 씨는 『베를린 일기』라는 책을 보고 베를린으로 가야겠다고 생각했던 것 같기도 하고, 어쩌면 베를린에 가고 싶어서 그 책을 골랐을 수도 있다고 말했다. 그는 "혼자 여행을 가는 특별한 이유 같은 건 없는 것 같다"라고 말했다. 그가 베를린에 갔던 건 봄이었다. 인혜 씨는 런던으로, 리스본으로 혼자 열흘씩 여행을 다녀온 적도 있다. 주로 한 도시에 오래 머무르는 걸 선호한다. 특별한 이유는 없다. 친구와 다녀온 첫 유럽 여행이 영 불편했던 기억이 있고, 아침부터 일정에 쫓기는 게 싫다는 정도다. 혼자 도착한 베를린이지만, 인혜 씨가 늘 혼자였던 건 아니다.

"20대도 아닌데 게스트하우스의 공동 침실에서 자는 게 좀 민망하긴 했지만, 함께 침실을 쓰던 어린 친구들과 때때로 같이 다니면서 사진도 찍었던 게 기억에 남아요."

　1인 여행은 떠나고 돌아올 때는 혼자지만, 여행지에서까지 늘 혼자여야 하는 건 아니라는 게 그의 생각이다. 가끔은 1인 여행자들이 혼자서 가기 힘든 지역 맛집을 현지에서 만난 친구들과 같이 가기도 한다. 혼행의 어느 한 시점에선 함께 다닐 수 있도록 현지에서 1인 여행자들을 연결해주는 서비스를 사용하기도 한다. 짧게는 지역 맛집에서 다양한 메뉴를 즐기기 위해 점심, 저녁 식사 시간을 공유하거나, 길게는 어느 도시를 함께 다니기도 한다. 자유여행 동행 서비스 애플리케이션인 '설레여행'은 여행자가 자신의 여행 일정과 스타일을 입력하면 같은 시기 다른 여행자들이나 해당 도시에 거주하는 현지인을 만나게 해주는 애플리케이션으로 3년 전 출시하자마자 1개월 만에 100만 매칭을 기록했고, 2018년 10월에는 누적 매칭 수가 1,500만을 넘겼다.

　혼자 가서 함께 있다가 다시 혼자 오는 하이브리드형 혼행이 트렌드일까? 대부분은 필요에 의해서라고 얘기한다. 글로벌 여행 플랫폼 익스피디아(Expedia)가 2017년 직장인 1,000명을 설문조사한 결과, 83.6%가 혼행보다는 다른 사람과 함께 떠나는 여행이 더 좋다고 응답했다. 그럼에도 혼자 떠나는 이유는 그래야 하기 때문인 경우가 많다. 여행 횟수가 많을수록 친구, 가족과 함께 가는 여행 스케줄을 맞추기가 그만큼 어려워진다. 통계청 자료에 따르면 2017년 한국인의 연간 해외여행 횟수는 2.6회였다. 지난 1년간 1회 이상 해외여행을 다녀온 사람 수도 2007년 13.9%에서 2017년 26.5%로 크게 늘어났다. 여가활동 선호도 조사에서 관광은 여전히 71.5%로 1위를 차지하고 있으니, 상황이 여의치 않으면 혼자라도 떠나는 이들이 늘어나고 있는 것이다. 현지에서 혹은 떠날 때, 여건이 맞는 1인 여행자들끼리 일부 여행 스케줄을 공유하는 식으로 발전하는 건 당연한 일이다.

다만, 혼행 트렌드가 이렇게 계속 증가하고 심지어 변화하고 있는데도 혼행은 여행업계의 메이저 상품군에는 끼지 못하고 있다. 실제로 영국의 리서치 기업 민텔(Mintel)은 2018년 「솔로 트레블」이란 보고서에서 이 부분을 지적했다. 민텔 보고서는 "1인 여행객들 증가세는 계속해서 늘고 있지만, 여행사의 메인스트림 상품으로 다뤄지고 있지 않다"라며 "1인 여행객들은 안전한 장소가 어딘지 알려주고, 24시간 연락이 가능한 여행사를 찾고 있다"라고 분석했다. 내가 2019년 가을 스위스 인터라켄(Interlaken)에서 만난 한 미국인 여성 여행자는 '솔로 여행' 전용 상품으로 유럽 여행을 하고 있었다. 그는 "여행사가 숙박, 교통편을 전화와 팩스를 통해 미리 마련해두고 언제 어디로 가라고 알려주기 때문에 나는 알려주는 시간에 알려주는 곳으로만 가면 된다"라고 말했다. 이런 여행 상품만 취급하는 혼행 전문 미국 여행사 '저스트 유(Just You)' 경영진은 영국 일간지 가디언(The Guardian)과의 인터뷰에서 "우리 고객들은 혼자 도착한 여행객들에게 추가 요금을 내게 하지 않는 숙소를 원하고, 우리는 이미 그런 숙소들을 확보해두었다"라고 말했다. 내가 몇 년 전 태국 푸켓(Phuket)의 비수기 여행에서 만나 일주일간 내내 붙어 다녔던 두 명의 친구들을 만난 곳은 서핑 보드를 빌려주고 레슨도 해주는 한 서핑 숍이었다. 이스라엘(Israel)과 말레이시아(Malaysia)에서 온 이 친구들과는 함께 차를 빌려 푸켓 섬 여기저기를 돌아다녔다. 어디를 가든 로컬 서핑 보드 대여점은 이런 역할을 하기 마련이다.

1인 여행객 수가 지금과 같은 속도로 늘어난다면 국내에서도 1인 여행 전문 여행사가 곧 등장할 수도 있다. 하지만 아무리 편리해도 혼자 떠나는 여행에는 약간의 특별함이 있다. 큰맘 먹고 떠났던 혼행에서 돌아와도 크게 특별한 게 없었다고 느끼는 감정이다. "집에 돌아오는 게 재미있는 건, 보이는 것도 냄새도 느낌도 떠나기 전과 바뀐 것 없이 똑같다는 점이다. 그리고 바뀐 것은 바로 당신이라고 깨닫는다." 스콧 피츠제럴드(Scott Fitzgerald)가 말했다고 전해지는 여행 격언이다. 피츠제럴드는 야심작 『위대한 개츠비』가 큰 반응을 얻지 못하자 프랑스 파리로 떠난 여행길에서 훗날 서로 영감을 주고받을 수 있는 친구를 만나고, 다시 돌아와 마지막 장편 『밤은 부드러워』를 집필한다. 피츠제럴드가 여행길 만난 친구의 이름은 헤밍웨이(Hemingway)다. 당신이 만날 여행길 친구의 이름은 무엇일까?

4

'당신의 취향과 일치할 확률 98%'의 유혹, 넷플릭스

최근에 취향은 곧 사회적 계급처럼 작용한다. 취향이 비슷하고 그 취향을 경제적으로 감당할 수 있는 이들끼리 모인다. 비미족의 경우 취향에 더욱 민감할 수밖에 없다. 혼자 사는 삶에서 취향을 빼면 무미건조하다. 하지만 취향은 금수저처럼 태어나면서부터 손에 쥐고 시작하는 게 아니다. 살면서 인위적으로 혹은 자연적으로 폭을 넓혀가면서 점차 확립되는 게 취향이다. 스타일이든 문화 소비든지 간에 좋은 취향을 만들어나가는 데는 개인의 노력과 막대한 시간이 든다. 그래서 '취향 저격'이란 말은 매력적이다. 이 모든 노력을 단칼에 없애버리고 데이터 분석과 사람의 통찰력으로 취향이 어디로 뻗어나갈지를 알려주는 족집게 강사가 바로 취향 저격수다.

온라인 동영상 스트리밍 서비스 '넷플릭스(Netflix)'는 비미족에게는 특히 가성비 높은 여가 시간 킬러로 유명하다. 넷플릭스는 특유의 추천 알고리즘으로 취향 저격의 대명사가 됐다. 최고의 '취향 저격수'인 셈이다. 넷플릭스에 가입해 자신의 취향에 맞는 동영상 콘텐츠 3개를 지정하면 이에 맞는 콘텐츠를 추천한다. 영화와 드라마 등을 많이 볼수록 이 취향 저격 시스템은 더욱 세분화된다. 어떤 영화를 보려고 하면 내 취향과 몇 %의 확률로 같은 영화인지를 알려준다. '당신의 취향과 일치할 확률 98%'라는 문구를 무시하긴 힘들다. 넷플릭스 관계자는 "개인의 취향을 반영하기 때문에 첫 화면이 사용자별로 다 다르다"라고 말했다. 실제로 넷플릭스가 직접 운영하는 기술 블로그는 2012년 4월 자사 추천 시스템의 변화를 알리는 포스팅에서 "데이터 분석 기술과 딥러닝으로 조만간 소비자가 원하는 모든 것을 알 수 있을 것"이라며 "시청자가 소비하는 콘텐츠 75%가 추천 알고리즘에서 나오도록 (알고리즘을) 조정했다"라고 밝혔다.

취향 저격수로서의 역할을 톡톡히 하는 넷플릭스지

만 정보통신기술(ICT) 관련 한 대형 커뮤니티에서 '넷플릭스 추천'을 검색해보면 상당수가 넷플릭스에서 볼만한 영화나 드라마를 추천해달라는 게시 글이다. 커뮤니티 이용자들은 댓글로 자신들이 봤던 영화, 드라마 등을 추천한다. 그 다음은 넷플릭스의 콘텐츠를 소개하는 게시 글들이 많다. 최근에 본 드라마를 추천하고, 막 올라온 영화를 추천하기도 한다. 왜 이들은 취향 저격을 당하지 않거나 이에 만족하지 못하고 20여 년 전 하이텔, 유니텔의 PC통신 시절과 같은 구전 추천 방식을 택한 걸까? 혹시 넷플릭스의 추천 알고리즘이 변했을까? 오히려 다른 온라인 동영상 스트리밍 사이트들과 비교해 획기적인 방식으로 추천 시스템을 유지 및 발전시키고 있다는 게 회사 측 주장이다.

그러면 넷플릭스의 추천 시스템은 어떻게 움직이고 있을까? 넷플릭스에 세 개의 질문을 했고, 한 개의 답변을 받았다. 케이틀린 스몰우드(Caitlin Smallwood) 사이언스 및 애널리틱스 담당 부사장이 직접 확인했다는 답변 내용은 다음과 같다.

"190여 개국에 걸쳐 1억 3천만 명의 회원을 보유한 인터넷 엔터테인먼트 서비스인 넷플릭스의 강점은 개인 맞춤형 추천 서비스에 있습니다. 이를 위해 넷플릭스는 클러스터(취향군)를 기반으로 회원들이 좋아할만한 콘텐츠를 추천하고자 노력하는 중입니다. 취향군이란 비슷한 콘텐츠 취향을 가진 회원들을 그룹화 하는 것을 말합니다. 광고가 존재하지 않는 넷플릭스에서 이뤄지는 취향군을 통한 콘텐츠 추천은 지역, 성별, 나이 등이 아닌 '개인의 취향'을 중요시하는 방식입니다. 우리 모두의 취향은 항상 변하고, 보고 싶어 하는 콘텐츠 역시 다양하기 때문에 각 클러스터에 속하는 콘텐츠나 클러스터의 규모 역시 수시로 변하고 있습니다. 넷플릭스 회원이 하나의 클러스터에만 속해있는 것은 아닙니다. 어떠한 콘텐츠를 시청했는지에 따라 여러 클러스터에 동시에 속하기도 하며, 콘텐츠 역시 하나의 클러스터가 아닌 복수의 클러스터에 걸쳐 분류돼있습니다. 넷플릭스는 이처럼 회원에게 가장 적합한 클러스터들이 무엇일지 파악하고자 계속 테스트를 진행하고 있으며, 이를 기반으로 추천 서비스 역시 제공하고 있습니다."

하지만 넷플릭스가 자사 강점이라고 소개한 취향군 추천 시스템의 비밀은 어쩌면 아예 언급조차 하지 않은 내 두 개의 질문에 숨겨져 있을 수 있다. 우리는 사용자가 시청하지 않았던 종류의 영화나 드라마도 추천받을 수 있는지, 사용자들의 취향의 폭을 넓히기 위해서 어떤 노력을 하고 있는지를 물었다. 자신에게 가장 잘 맞고 문화적 스펙트럼도 다양하며 이를 통해 세상을 좀 더 잘 이해할 수 있는 것을 '좋은 취향'이라고 간주했을 때 가장 중요한 요소는 의외성이기 때문이다. 국내 대표 커뮤니티에서 서로 넷플릭스에서 본 좋은 영화, 드라마, 다큐멘터리, 쇼를 추천하고 추천받는 이유는 늘 보던 콘텐츠에서 벗어나려는 노력이다. 역으로 그만큼 넷플릭스의 추천 시스템이 과거 취향의 콘텐츠들을 전면 배치하고 있다는 의미이기도 하다.

이에 대해 넷플릭스 관계자는 "액션물만 계속 본다고 그런 영화만 계속 나오고, 리얼리티 요리 프로그램은 안 보여주냐는 질문인데, 사용자가 특정 취향군에 속한다는 것은 반찬을 나눠 먹듯 다른 사람이 좋아할 법한 종류의 콘텐츠도 본다는 얘기"라고 설명했다. 이 관계자는 "그렇다고 타인의 취향을 공유한다는 것은 아니"라며 "액션물을 많이 본다고 그것만 보라고는 하지 않는다는 뜻"이라고 말했다. 역시 의외성, 개인 취향의 확대를 위한 노력이라는 질문의 답은 아니다.

취향의 폭을 넓히려는 시도에 관해 가장 먼저 관심을 표한 건 우리가 아니라 넷플릭스 창업자다. 넷플릭스가 여전히 우편으로 DVD를 빌려주는 렌탈 회사였던 2005년, 넷플릭스의 창업자인 리드 헤이스팅스(Reed Hastings)는 "우리는 모든 이들에게 자기 취향을 넓힐 수 있는 플랫폼을 제공한다"*라고 밝혔다. 헤이스팅스는 2018년에도 자사의 사업영역을 사용자들의 취향 분석, 흥행할 콘텐츠를 찾아 이에 투자하는 제작 사업이라고 밝히며 여전히 사용자의 취향을 전면에 내세웠다.

최근 소셜미디어나 동영상 사이트에서 활동하는 개인들이 늘어나면서 개인의 편견에 부합하는 콘텐츠만 소비하며 편견을 재확인하려는 '확증편향(Confirmation Bias)'이란 말이 회자되고 있다. 영어 표현 그대로 편견을 재확인하는 와중에 그에 반하는 콘텐츠와 정보는 철저히 무시되는 게 확증편향이다. 늘 보는 영화와 비슷한 작품을 한 편 더 추천받아 보는 것은 취향의 영역을 넓히기보단 오히려 좁히는 작업이다. 비슷한 부류의 콘텐츠 소비 시간을 늘려줘 회사 입장에서는 이익이겠지만 사용자가 의외의 작품들을 많이 접하며 취향의 폭을 넓히고, 또 이를 통해 좋은 취향을 만들어나가는 데 도움이 된다고 보기는 힘들다. 이준웅 서울대 언론정보학과 교수는 "취향이란 것 자체가 일종의 편견"이라며 "아마존이나 넷플릭스 등이 사용하는 추천 시스템에서도 우연한 발견은 고객

---

* HBR코리아 2019년 10월 호 내용 중

의 선택에 의해서 발생할 수 있다"라고 주장했다.

2007년 뉴욕에서 살던 나는 넷플릭스의 혁명을 지켜볼 수 있었다. DVD를 빌려주는 '블록버스터'라는 체인점은 갈수록 줄어드는 동시에 당시 내가 살고 있던 건물 우편함에는 넷플릭스가 다른 입주민들에게 보내준 DVD가 든 얇은 우편물들이 늘어나고 있었다. 2007년은 온라인 DVD 렌탈 회사였던 넷플릭스가 그 모든 콘텐츠를 내려받지 않고, 스트리밍 방식으로 사용자의 'PC에서' 볼 수 있게 하겠다는 야심 찬 계획을 발표한 해다. 블록버스터만이 경쟁자는 아니었다. 월마트도 같은 서비스를 시행하고 있었고, 아마존(Amazon)과 애플(Apple)은 먼저 온라인상에서 영화를 내려받는 서비스를 시작했다. 당시에도 넷플릭스의 최대 강점은 추천 시스템이었다. '시네매치'라는 이름의 영화 추천 알고리즘은 성공적이었다. 회원들 대부분이 추천받은 영화의 80% 이상을 대여했다. 시네매치라는 추천 시스템은 넷플릭스가 지금의 혁신적인 기업, 잘나가는 기업으로 올라서는 데 일등공신이었다. 잘 알려지지 않은 영화나 고전 영화처럼 가격이 싸고 대여 회전이 잘 안 되는 영화들 중 고객의 취향에 맞는 것들을 골라 추천하는 비율은 20% 정도였다. '취향 저격'은 좋은 취향으로 가는 길에 놓인 함정일 수도 있다.

5

혼자서 함께 하는 운동이 좋다
'크로스핏'

　비미족의 특징을 가장 잘 보여주는 것 중 하나는 운동이다. 개인의 프라이버시를 존중받으면서도 함께 땀 흘리는 팀 스포츠를 선호한다는 게 모순처럼 느껴질 수도 있다. 하지만 실제로 접해보면 느슨한 네트워크가 어떻게 가능한지 알 수 있다. 2019년 1월 23일 저녁 6시 용산구 한남동 한 건물 지하 1층. 언뜻 보면 동네에 있을 법한 헬스장처럼 보였지만 여러 가지 운동 기구들 중에서 런닝머신은 보이지 않았다. 역도 동작을 기반으로 무거운 중량의 각종 기구를 드는 크로스핏 전용 체육관 '크로스핏 한남'에선 1시간 남

짓한 시간 동안 역기에 쓰이는 원반 모양의 플레이트를 들었
다가 바닥에 내려놓는 쿵쿵하는 소리가 계속됐다. 한 여성 회
원은 언뜻 봐도 무척 무거워 보이는 역기를 빠르게 머리 위
로 들었다가 내려놓는 동작을 20분 이상 반복하고 있었다. 호
주 투자은행 맥쿼리(Macquarie)의 한국 지사장이었던 러스 그
레고리(Ross Gregory) 크로스핏 한남 대표는 "역도 동작을 기
본으로 하는 크로스핏이 2012년부터 알려졌지만 곧장 수업
을 받기에는 무리가 있어서 2~3개월 정도 기본 동작을 배우
고 근력을 키우는 부트캠프(Bootcamp)를 시작했다"라고 설명
했다. 하지만 크로스핏을 배우기 위한 일종의 예비 수업인 부
트캠프 자체가 인기를 얻게 됐다. 크로스핏 한남의 전체 프
로그램에서 부트캠프 수업은 크로스핏보다 오히려 더 많다.
박보영 크로스핏 한남 수석코치는 "부트캠프는 난도가 높
은 크로스핏 동작을 단순화해 실생활에서 도움이 되는 동작
으로 만든 기초 프로그램이다"라며 "신체를 건강하게 유지
해 삶의 질을 향상하는 게 목표"라고 말했다. 부트캠프의 특
징은 여럿이 같은 목표로 함께 운동을 하지만 결국은 스스
로의 골을 달성한다는 점이다. 부트캠프의 어원 자체가 이
를 잘 설명해준다.

　　부트캠프는 미국의 신병교육대에서 유래한 말이다.

1898년 미국은 스페인(Spain)과 쿠바(Cuba)에서 전투를 벌였다. 당시 군대에 소집된 신병들은 무거운 군화가 불편해 신발을 바닥에 끌고 다녔다. 그래서 이를 방지하기 위해 만들어진 신병교육 프로그램을 '군화(Boot)'를 신고도 달릴 수 있게 교육하는 '캠프(Camp)'인 부트캠프라고 불렀다. 실제로 부트캠프에선 기본적인 체력을 키워주는 프로그램을 운영했다. 부트캠프라는 단어가 피트니스 업계에서 쓰이기 시작한 건 1984년이다. 당시 해병대 교관의 목소리로 체력훈련을 지시하는 '부트캠프 워크아웃'이라는 카세트테이프가 발매된 후 큰 인기를 끌었다. 지금과 같은 형태로 주로 야외에서 체력단련을 하는 '피트니스 부트캠프'가 처음으로 시작된 건 1991년 호주에서다. 지금도 세계 크로스핏 대회를 주관하는 나라는 호주다. 참가자가 동영상을 온라인에 올리면 이를 심사해 예선 통과자를 가리고, 아시아 북미 등 지역별로 모여 대회를 연다. 크로스핏 선수들 중 상위권에 속하는 이들은 메이저 트레이닝 의류 브랜드가 후원하는 프로 선수로도 활동한다. 부트캠프가 크로스핏을 시작하기 전에 기본 동작을 배우고 체력을 키우는 예비 프로그램이 아닌 독자적 피트니스 프로그램으로 인정받은 건 비교적 최근 일이다. 미국에선 유명 연예인들이 부트캠프 수업을 하는 '피트 클럽(Fit

Club)'이라는 TV 프로그램을 2010년까지 5년 동안 방영할 만큼 인기를 끌었다.

크로스핏이 역기 동작을 기반으로 엄격하게 진행되는 데 반해 부트캠프는 훨씬 자유롭다. 부트캠프는 가벼운 역기 동작을 배우고 무거운 중량을 들 수 있도록 체력을 키우는 데 목적이 있기 때문이다. 실내에서 진행되지만 코치의 지시에 따라 갑자기 밖으로 나가 계단을 오르내리거나 빠르게 달리기도 한다. 미국인들의 스포츠, 피트니스, 레크리에이션 트렌드를 조사하는 신체활동협의회(Physical Activity Council)의 연례 보고서에서도 부트캠프는 '칼로리 소모가 많은 운동'으로 분류돼있다. 이 협의회는 보고서에서 밀레니얼 세대와 2000년대 이후 출생한 Z세대들이 칼로리 소모가 많은 격렬한 운동, 개인 운동, 팀 운동, 아웃도어 활동을 중시하는 경향이 있다고 밝혔다. 야외에서 뛰는 게 프로그램의 필수 요소는 아니지만 많은 부트캠프 강사들이 이를 프로그램 순서에 간헐적으로 넣는 이유다. 박보영 코치가 운전하는 110cc짜리 스쿠터인 혼다 밴리110의 뒷자리에 타고 이태원의 격투기 전문 도장인 '바디앤서울(Body & Seoul)'에 도착했다. 경리단길 한복판에 있는 이곳에선 주짓수 훈련이 한창이었다. 저녁 8시 30분이 되자 외국인 등 6~7명이 박 코치 주위로 모여 부트캠프 수업을 시작했다. 수강생들 대부분은 20~30대 초반의 건강해 보이는 이들이었다. 박보영 코치는 체육대학원에서 환자들의 재활을 돕는 공부를 하던 중 크로스핏, 부트캠프를 알게 됐다. 대학원 교수가 아르바이트 자리를 알아봐준 게 직업이 됐다. 박 코치가 대학원을 졸업하고도 크로스핏, 부트캠프 강사로 남기로 결심한 것은 활력 넘치는 수강생들 때문이었다. 박 코치는 "건강한 사람들과 함께 건강한 삶을 살고 싶었다"라고 말했다. 새로운 취향의 발견은 이렇게 우연하게 찾아오기도 한다.

세대별 선호하는 피트니스 운동 (단위: %)

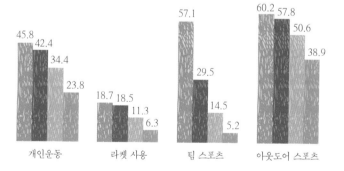

■ Z세대(2000년 이후 출생)   ■ 밀레니얼 세대(1980~1999년)
■ X세대   ■ 베이비부머 세대

자료: 미국 신체활동협의회

개인의 취향도 결국 한 세대 속의 공통된 시대정신과 맞닿는 부분이 많다. 이제 하나의 독립된 피트니스 프로그램으로 자리잡은 부트캠프는 개인 운동이자 팀 운동이고, 밀레니얼 세대와 2000년 이후 출생한 Z세대는 개인을 중요시하면서도 느슨하고 목적에 따라 형성되는 네트워크를 중시한다. 미국 신체활동협의회의 2017년 연례 보고서는 이와 같은 취향의 이동을 세대별로 설명한다. 1950~1960년대 출생한 베이비부머 세대 중에 개인 운동을 선호하는 비율은 23.8%였지만 1970년대 태어난 X세대는 34.4%, 1990년대 생들인 밀레니얼 세대는 42.4%, Z세대는 45.8%였다. 스포츠를 선호하는 비율은 베이비부머 세대가 5.2%, X세대가 14.5%, 밀레니얼도 29.5%였지만 Z세대는 무려 57.1%였다. 야외 운동을 선호하는 비율도 베이비부머가 30%대로 비교적 낮았지만 Z세대는 60%대였다.

이태원 바디앤서울의 부트캠프 수업은 밤 9시 20분이 돼서야 끝났다. 말레이시아에서 온 유학생 바네사 황(Vanessa Hwang)은 땀을 흘리며 열심히 운동을 하면서도 다른 수강생들, 박보영 코치와 농담을 주고받았다. 수업 중 기자가 왜 이 프로그램을 선택했느냐는 질문에 그는 "일단 동기부여가 된다"라고 답한 후 한참을 고민하며 주위 사람들에게 의견을 구했다. 수업이 끝나자 황 씨가 내게 먼저 다가와 말했다. "아무래도 다른 사람들과 함께 하는 운동이라서 좋다. 유학생으로 와서 혼자 지내면 외로움을 많이 느끼는데, 부트캠프에서 친구들을 많이 만났다."

6

감당 가능한 취향의 한계,
퍼즐주택

"강아지를 키우기에 좋고, 집 인테리어에 내가 직접 참여할 수 있어서 입주하기로 결정했다."

2살짜리 치와와 '양갱'과 '모찌'를 키우는 김예지 씨 집에 들어서니 현관부터 옷장, 가구와 벽 일부까지 핑크색으로 마감돼있었다. 입주 후에 페인트칠을 하거나 시트지를 붙이는 것과는 마감 질이 다르다. 핑크색 침실 문에는 강아지가 드나들 수 있는 작은 전용문이 달려있었다. 서울시 노원구 공릉동의 오래된 빌라촌에 작년 9월 들어선 2동짜리 '퍼즐주택'에 입주한 29세대는 모두 반려견을 키운다. 1층에는 반려견을 산책시키고 난 후 발을 씻을 수 있는 시설이 있다. 짖는 소리를 고려해 3중 창문으로 방음을 했고, 수도관과 공조시스템도 이를 고려했다. 바닥은 반려견이 미끄러지지 않도록 특수 코팅을 했다. 애완견들이 미끄러운 실내에서 뛰다가 허리 등 관절에 문제가 생기곤 하기 때문이다. 11살 '루비', 8살 '두리' 등 토이 푸들(Toy Poodle) 4마리를 키우는 안영미 씨는 "다른 곳에서 살 때는 반려견 때문에 이웃 눈치를 많이 봤었다"라며 "지금은 방음이 잘 돼 있고 모두 반려견을 키우는 집들이라 1000% 만족한다"라고 말했다.

비미족에게 취향은 모든 선택의 첫 번째다. 하지만 지금까지 '좋은 취향'이란 비싼 것을 의미했다. 제일 많은 돈을 주고 선택해야 하는 주거지의 경우가 가장 심했다. 거실에서 한강의 석양을 볼 수 있는 대가로 수십억 원을 지불할 수 있는 가구는 극소수다. 무엇보다 한국의 아파트는 사는 곳이라기보단 재테크 상품에 더 가깝다. 지역, 아파트 브랜드, 면적과 층수만 대면 가격을 알 수 있다. 표준화가 가족의 취향보다 앞설 수밖에 없다. 설계에 참여하는 건 불가능하고, 취향을 일부라도 반영하려면 큰돈을 써야 한다. 퍼즐주택 프로젝트를 시작한 삼후종합건설은 입주자들의 취향에 맞춘 퍼즐주택으로 오를 곳과 안 오를 곳으로 양분된 부동산 시장에 질식돼가는 소비자들에게 숨 쉴 공간을 제공하고자 한 것이다. 공릉동 퍼즐주택은 가장 보편적인 반려동물에 초점을 맞췄지만, 이후로는 요리를 좋아하는 사람들을 위해 주방을 특화하거나, 오토바이를 좋아하는 이들을 위해 전용 주차장을 갖춘 곳, 비혼자들의 라이프스타일에 맞춘 프로젝트 등을 시작할 예정이다.

퍼즐주택은 감당할 수 있는 수준에서의 좋은 취향이다. 공릉동 퍼즐주택 매매가는 2억 7천만 원이고, 계약금 100만 원을 내면 설계에 참여할 수 있다. 퍼즐주택은 부지 선정부터 입주자와 함께 결정하고, 입주하기 전 자신의 취향에 맞는 설계대로 집을 지을 수 있는 데 초점을 맞춘 빌라(다세대주택)다. 입주자 취향을 반영한다는 게 벽에 유리창을 더 넣는다거나 핑크색으로 온 집을 꾸미는 일 정도에 그치지 않는다. 공릉동에 이어 광진구, 중곡동, 중구, 종로구, 강남구 등에 지어질 퍼즐주택은 전용면적을 훨씬 더 넓힐 수 있고 복층으로 만들 수도 있다. 방 개수를 늘리거나 줄이는 건 기본이고 마당을 선택하거나 테라스를 크게 넣을 수도 있다. 퍼즐주택이란 이름은 어느 하나 똑같지 않은 집들을 퍼즐처럼 끼워서 한 동의 건물을 만든다는 데서 나왔다. 자신의 입맛대로 지은 집이라도 일단 2년간 전세로 살아보고 나서 구매를 결정할 수 있다. 골목길의 빌라가 그간 가격경쟁력을 내세워 일단 만들어놓고 빨리 팔아온 관행과는 다르다. 퍼즐주택을 선보인 삼후종합건설의 박민철 대표는 "전세로 살아보고 혹시 구매하지 않는다고 해도 좋은 취향을 가진 집은 분명히 다른 구매자의 마음에 들 것이라 믿는다"라며 취향이 담긴 보편성을 강조했다. TV를 제외한 가전제품이 다 구비돼있고, 붙박이 가구도 설치돼 있기 때문에 인테리어를 달리하는 데 드는 추가 비용도 500만 원을 넘지 않는다.

박민철 대표는 그동안 서울시 곳곳에 빌라 50여 동을 지었다. 시작은 작은 불편함에서 시작됐다. 입주자들 중에는 큰 책상을 창문 앞에 놓고 싶어 하는데 막상 콘센트는 반대쪽에 있어 불편해하는 경우가 많았다. 이런 일을 줄이고 싶었다. 리서치를 시작했고 일본의 경우에는 다세대주택이라도 미리 선분양을 하면서 입주자 취향을 충분히 반영하는 경우가 많다는 것을 알게 됐다. 더불어 몇 가지 원칙도 세웠다. 삼후건설은 퍼즐주택 부지로 교통 편의성보다는 산이나 강, 공원 등 자연과 가까운 곳을 선호한다. 그 중에서도 약간의 경사가 있어서 다양한 설계가 들어갈 수 있으면 더 좋다. 가능한 예산 한도 내에서 삶의 질을 우선시하고 주차공간도 확보하기 위해 건폐율이 적은 1종 주거지역을 선호한다. 무엇보다 서로 알던 사람들이 한 지붕 안에 사는 것보다는 취향은 비슷해도 전혀 모르는 사람들끼리 모여 살 수 있도록 하는데 신경을 많이 쓴다. 박 대표는 "알던 사람들이 모여서 사는 동호인 주택에는 반대한다"라며 "모르지만 취향이 비슷한 이들끼리 살아야 불협화음이 적다"라고 주장했다. 퍼즐주택 프로젝트는 모두 페이스북과 인스타그램 광고로 진행한다. 이 회사가 퍼즐주택을 기획하면서 가장 큰 신경을 쓴 곳은 투명성이다. 일단 입주자들이 설계에 참여하는 과정에서 가장 궁금해하는 것들이기 때문이다. 모든 건설자금은 신탁회사에 맡기고 여기서 필요 자금을 꺼내 쓴다. 설계업체에는 얼마가 나가고 자재에는 얼마를 쓰는지 공유한다. 시공사인 자신들의 수익까지 공개한다.

부동산은 우리 사회에서 대대로 재테크 수단이었다. 그 중심에는 아파트가 있다. 건설회사에 많은 돈을 남길 수 있게 해주는 아파트는 황금알을 낳는 거위다. 구매자라고 다를 게 없다. 신축 아파트 청약에 당첨되는 걸 흔히 '로또'라고 표현한다. 주거용 부동산 시장을 움직이는 주체가 들어가서 사는 사람이 아닌 부동산 관련 회사들과 차익을 노리는 투자자들인 이상 좋은 주거 취향에는 막대한 돈이 든다. 혹시 이런 시장에서 비미족에게 퍼즐주택이 대안이 될 수 있을까? 박

민철 대표는 "사는 방식에 맞는 좋은 집이 진짜 '좋은 집'이어야 한다"라며 "(돈보다는) 취향이 존중되는 집을 만들다 보면 언젠가 부동산 시장도 바뀔 수 있다"라고 말했다.

기본소득

2018년 5월 현대경제연구원은 「분배가 경제성장에 미치는 영향과 과제」라는 보고서에서 OECD 34개국과 신흥국 9곳의 소득재분배 지수를 비교했다. 보고서는 소득재분배 지수가 0.01포인트 올라가면 경제성장률이 0.10% 포인트 높아진다고 주장했다. 미국·덴마크·스웨덴 등 10개국은 소득과 분배 모두 좋아졌는데 이런 경우 소득재분배 지수 1포인트가 올라가면 경제는 0.15% 포인트 성장했다. 한마디로 GDP에는 잡히지 않는 실업급여나 세금 감면 등도 경제성장에 간접적으로나마 좋은 영향을 끼친다는 얘기다.

국내에서는 정치적인 논쟁의 수단으로 전락한 기본소득도 마찬가지로 소비를 통해서 간접적으로 경제성장에 도움이 될 수 있다. 파이낸셜타임스(Financial Times) 기자 출신의 데이비드 필링(David Pilling)의 저서 『만들어진 성장』에는 귀속지대처럼 가격을 매길 수 없어서 유령처럼 사라져버린 여러 개념들을 설명하고 있다. 대표적인 예가 월세다. 우리가 월세를 내고 아파트에 살면 이 월세는 집주인의 소득이 되고 세입자에게는 지출이 되기 때문에 경제의 일부분이 된다. 하지만 필링은 집주인이 세를 주지 않고 아파트에 직접 거주한다면 경제적으로 이 아파트는 존재하지 않게 된다고 설명한다. 벨기에 경제학자이자 기본소득의 주창자인 필리프 판 파레이스(Philippe Van Parijs)는 "보편적 기본소득의 목표는 모든 이가 굳건히 자기 발로 설 수 있도록 모두에게 삶의 튼튼한 발판을 제공하는 것"이라고 말했다. 미국 민주당 대통령 경선에 출사표를 던졌던 앤드루 양(Andrew Yang)은 저서 『보통 사람들의 전쟁』에서 1960년대 미국에서는 흔한 개념이었던 기본소득이 어떻게 불경한 사상처럼 여겨지게 됐는지를 잘 설명하고 있다. 1968년 미국 대학교수 1,000명이 연간 보장소득을 공개적으로 지지했고, 1969년 리처드 닉슨(Richard Nixon) 미국 대통령은 특정 조건을 갖춘 이들에게는 연간 가구당 1만 달러의 현금을 지급하는 가족부조계획을 제안했다. 이 조건부 기본소득 정책은 설문조사 결과 79%가 찬성했고, 하원을 통과했지만, 상원에서 저지당했다. 뉴저지 주 등에서 실험적으로 기본소득을 지급했던 것도 1970년대 초 얘기다. 지금처럼 경제 불평등이 심화되고, 노동시장 양극화가 진행되고 있는 상황에서 기본소득에 관한 논의는 세계적으로 다시 시작되고 있다.

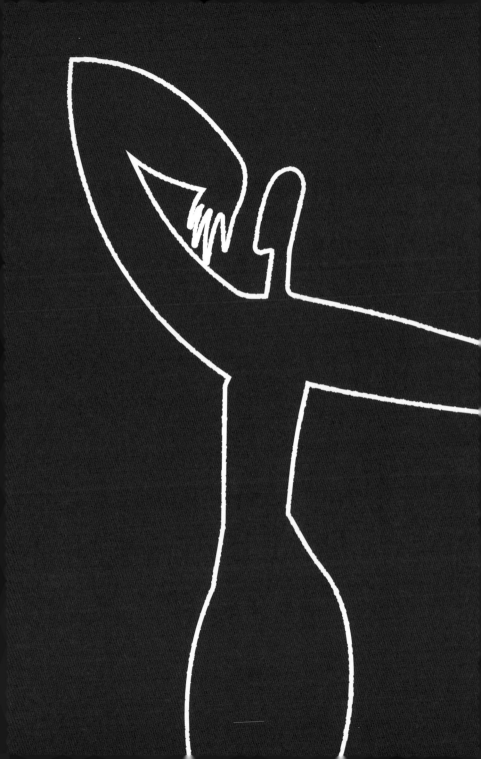

제 4 장

비혼의 기술

1
사람들은 당신에게 관심이 없다.
그러나

우리는 퇴사의 시대에 살고 있다. 미국의 노동경제학자이자 하버드대 교수인 리처드 프리먼(Richard Freeman)은 『노동자가 원하는 것』이란 저서에서 직장 종말론자들의 논리를 이렇게 설명한다. "회사란 물리적으로 실재하는 존재라기보다는 사업 목적에 맞는 노동자를 일정 기간 빌리고 그 대가로 돈을 지불하는 가상의 존재다. 이런 세상에서 노동자들은 직장을 옮겨 다니게 되기 때문에 직장 내 지배구조의 문제란 어떤 의미이고, 왜 고민하고 개선해야 하는지 관심이 없을 수밖에 없다." 이런 정의 아래서 직장의 종말은 작동하지 않는다. 우리 사회에선 이제 퇴사를 꿈꾸고, 퇴사를 가르치고, 퇴사자의 용기에 박수를 치고 있기 때문이다. 직장인들은 회사의 지배구조 즉 시스템에 깊은 회의를 갖기 때문에 퇴사로 내몰리고 있다. 실제로 리처드 프리먼 교수는 "직장이 소멸할 거라는 주장과는 반대로, 전형적인 미국 노동자들은 오랜 기간 같은 회사에서 일하며, 따라서 자기 회사가 어떤 식으로 움직이는지 당연히 관심을 가질 수밖에 없다"라며 그 증거로 자체 설문 결과 응답자들의 근속 연수가 평균 7.6년인 점을 들며 통계학적으로는 2배인 약 15년이라고 설명한다.

비혼이든 기혼이든 생계를 유지해야 한다. 통계청 조사에 따르면 2018년 1인 가구의 월평균 지출은 189만 원이고, 2인 가구의 지출은 월 290만 원대였다. 약 70만 원 이상이 가구원 수와 상관없이 기본적으로 나가는 지출이다. 한 달에 189만 원을 벌지 못하면 생활이 불가능하다. 더구나 비혼족에게 직업은 생계의 수단인 동시에 자신을 표현하는 무대기도 하다. 기혼 직장인은 사회와 가정에서의 역할이 나누어져 있지만, 비혼은 그렇지 않기 때문이다. 미국의 역사학자 제임스 리빙스턴(James Livingston)은 『노 모어 워크』라는 저서에서 "일은 중요하다. 적어도 1650년 이래 우리는 품성이 일을 통해서 형성된다고 믿어왔다"라고 말한다. 1650년은 종교

개혁이 완성된 해다. 지그문트 프로이트(Sigmund Freud)는 인간의 본질적인 두 가지 충동으로 사랑과 일을 꼽았다. 프로이트는 강박증의 하나로 일에 대한 강박을 꼽기도 했다. 분쟁해결 전문가인 도나 힉스(Donna Hicks)의 저서 『일터의 품격』도 일을 인간의 본질적인 특성으로 취급한다. 도나 힉스는 직장인들의 면담 내용을 자세히 소개하며 이렇게 묻는다. "직원들은 왜 모두 그토록 불행하다고 느낀 것일까?" 그는 직원들이 충분히 존중받지 못하고 있는 상황을 그 이유로 꼽는다. "여직원들은 남성 팀장들이 폼나는 업무를 차지하고 사신들은 뒷전으로 밀린다고 생각한다. 한 직원은 이런 말을 했다. 직장 내에서 부당한 대우를 감내하는 게 업무의 일부분이에요." 그런데 직장에서 부당한 대우와 차별을 받는 건 비혼족 직장인도 마찬가지다. 비혼 직장인은 회사를 관둘 때면 흔히 "결혼을 안 해서 관둘 수라도 있으니 부럽네"라는 말을 듣곤 한다.

　　퇴사가 트렌드인 사회에서 비혼의 생계유지를 위한 기술은 무엇일까? 비미족에게 위로가 되는 건 사람들이 타인에게 크게 관심을 두지 않는다는 말이다. 실제로도 그렇다. 하지만 역시 예외는 있다. 사람들은 타인에게 관심이 없지만, 누군가는 당신에게 아주 깊게 관심을 두게 될 수도 있다. 바로 당신을 싫어하는 사람들이다. '며느리가 미우면 발뒤꿈치가 계란 같다고 나무란다'는 속담이 있다. 계란 같이 이쁜 발뒤꿈치가 흉이 되는 대표적인 조직이 직장이다.

20년 차 직장인 A 씨는 최근 옮긴 직장 두 곳에서 3년을 채우지 못하고 퇴사해야 했다. 자신을 직접 스카우트해 데려온 직장 상사가 자신을 부서에서 밀어내자, A 씨는 이번엔 자신과 한때 함께 일했던 직장 상사가 있는 곳으로 회사를 옮겼다. 그는 이번에도 비슷한 일을 겪게 됐다. 처음엔 자신의 탓으로 돌렸다. 하지만 억울했다. 업무적으로 큰 실수를 하지도 않았고, 실적도 좋았기 때문이다. 회사를 그만두고 그는 오랫동안 두 직장에서의 자신의 모습을 꼼꼼히 되돌아봤다. 첫 회사에서는 남들에 비해 높은 연봉과 혜택을 약속받고, 중요한 업무를 맡아 진행했다. 몇 개월이 지나고 나자 직장 상사가 일에 도움을 주기는커녕 다 해놓은 일을 별 이유 없이 미룬다거나, 결정을 번복하는 일이 잦아졌다. A 씨는 자신의 행동을 복기해보고, 주변에 조언도 구해봤다. 그리고 무심코 지나쳤던 상사의 말을 생각해냈다. 상사는 "개발 부서 팀장은 같이 일하기 굉장히 힘든 사람이야"라고 미팅 자리에서 조언했다. 하지만 A 씨는 해당 업무의 전문가였기 때문에 개발자의 협력 없이는 어떤 일도 할 수 없다는 것을 미리 알고 있었다. 실제로 A 씨가 가장 먼저 한 일은 그 개발자와 좋은 관계를 형성하는 것이었다. 그래서 상사가 이 문제를 들고나왔을 때 A 씨는 이미 개발자의 협조를 구한 상태였다. A 씨는 상사가 자신이 개발 팀장과 이미 협의를 마쳤다고 말했을 때의 뜨악한 표정을 기억해냈다. 협조를 미리 구했다는 좋은 소식에 상사는 왜 표정이 좋지 않았는지 그 당시 A 씨는 알지 못했다. 하지만 그 이후에 상사는 A 씨가 하는 일마다 어깃장을 놓았다. A 씨는 3가지 맡은 프로젝트를 무사히 마쳤지만, 그 이상의 일을 진행할 수 없었다. 결과는 좋았지만 A 씨가 한직으로 발령받게 됐기 때문이다.

그다음 회사에서도 비슷한 일이 일어났다. A 씨가 이 회사를 택한 이유는 오래전 함께 일했던 동료들이 요직에 있었기 때문이다. 편한 마음으로 출근했다. 처음에는 오히려 팀원들의 텃세에 시달려야 했다. 원래 잘 알던 선배들이 상사로 있었기 때문에 문제는 없었다. 하지만 첫 번째 회사와 동일한 일이 벌어졌다. 편하게 지냈던 선배가 임원으로 발령을 받고 난 뒤였다. 발령 직후부터 해당 임원은 A 씨에 대한 나쁜 얘기를 사내에 퍼트리더니, 좋은 실적과 경영진의 만류에도 해당 임원이 그의 인사고과를 최하위로 줬다. A 씨는 이번에도 독심술을 부릴 수밖에 없었다. 누구도 이유를 알지 못했다.

A 씨는 퇴사한 후 오랫동안 이 두 가지 일을 복기해

봤다. 객관적 증거는 없었지만 마음에 걸리는 일은 있었다. 첫 번째 회사에서는 개발 팀장과의 협업을 미리 만들어낸 것, 두 번째 회사에선 임원 전체 회의에서 자신이 내는 한숨 소리가 다 들렸다던 동료의 말이었다. 입장을 바꿔놓고 생각해보자. 우리는 아주 작은 것에 스위치가 눌린다. 며느리가 싫으면 계란처럼 예쁜 발뒤꿈치까지도 싫어지는 게 사람의 마음이다. 웹툰 〈송곳〉의 대사처럼 사람들은 옳은 사람이 아닌 좋아하는 사람과 일을 하고 싶어 한다. 다만 A 씨의 경우처럼 우리는 인사나 고과에 대해 명확한 근거를 듣지 못하는 것에 상당히 익숙하다. 그래서 비혼으로 사는 기술은 현재로서는 결국 어떻게 타인의 감정을 받아내느냐다. 퇴사 러시는 이런 부당함에 대한 반발일 수도 있다.

1인 가구의 비율이 30%를 넘어 40%에 육박하게 될 미래에는 "언제든 그만둘 수 있어서 좋겠다"라는 비아냥을 듣고 있는 비혼족이 드디어 직장 내에서 주류를 차지하게 될 것이다. 그렇게 되면 직장에서도 앞으로는 고과와 좌천에 대한 정확한 이유가 기재돼야 할 것이고, 발뒤꿈치만 보여도 욕을 먹어야 하는 며느리의 설움도 줄어들 것이며, 듣기만 해도 한숨밖에 나오지 않는 임원이 회의를 주재하게 될 일도 없을 것이기 때문이다.

비혼 직장인들이 공정한 평가를 받으려면 현재의 노동정책에는 수정이 필요하다. 직장 내에서 버티기로 일관하는 일부에게는 지금보다는 유연한 노동정책이 적용되고, 이에 따른 부작용은 기본임금과 같은 노동 보조금으로 어느 정도 해결할 수도 있다. 민감한 문제다. 만약 우리 사회 진보와 보수층의 대표적이고 논쟁적인 이런 주장을 둘 다 받아들인다면 양쪽의 박수를 받기보단 양쪽의 비난을 받을 것으로 보이기 때문이다. 하지만 언젠가부터 우리 직장인들은 끝없이 서로를 조금만 너 버티자는 말로 위로해주고 있다. 어딘가 잘못됐다. 그렇다면 해고로 이어질 가능성이 높은 노동의 유연화와 재정 문제, 노동 의지 문제로 이어질 수 있는 기본소득을 받아들이면 비혼 직장인의 퇴사 러시를 어느 정도 해결할 수 있을까? 『노 모어 워크』에는 1968년 미국 뉴저지(New Jersey)에서의 실험 결과를 소개한다. 당시 1,100달러를 매월 보조받은 농촌 가구의 가장들은 보조금에도 불구하고 노동 의욕이 저하되지 않았다고 한다. 방법이 무엇이든 생계라는 명목으로 회사가 직장인들에게 강요하는 부조리와 불법의 관행은 사라져야 한다.

2

누군가의 배웅을
받는다는 것

십여 년 전 미국 뉴욕에서 직장 생활을 한 적이 있다. 뉴욕은 듣던 대로 험한 곳이었다. 언어나 문화에 익숙하지 않은 나에게는 더욱 그랬다. 더 정확히 말하면 미국에 도착한 첫날 아침에 눈을 뜨면서부터 집에 가고 싶었다. 그런데도 약 2년간 미국에서 버틸 수 있었던 가장 큰 이유는 어떤 커뮤니티에 속해있다는 소속감 때문이었다. 한국처럼 특정한 학교, 지역, 회사 출신들이 뭉쳐서 골프나 치러 다니는 커뮤니티가 아니다. 뉴욕의 커뮤니티는 길 하나를 사이에 두고도 분위기가 확 바뀌는 좁은 지역을 기반으로 한다.

시카고 폭염 사태 당시 지역 커뮤니티의 단단함에 따라 사망률이 차이를 보였다는 내용을 담은 베스트셀러 『폭염 사회』의 저자인 에릭 클라이넨버그 뉴욕대 사회학과 교수는 이렇게 결론을 내린다. "인구통계학적으로는 유사하지만 다른 결과(사망률)를 보였던 지역 간의 주요한 차이점이 바로 내가 사회적 '인프라스트럭쳐(Infrastructure)'라고 부르는 것들, 즉 사람들이 교류하는 방식을 결정짓는 물리적 공간 및 조직에 있다는 점이었다. 사람들 사이의 관계와 대인 네트워크를 가늠하는 데 흔히 사회적 자본이라는 개념을 사용하지만, 사회적 인프라는 이와는 달리 사회적 자본이 발달할 수 있는지 없는지를 결정짓는 물리적 환경을 지칭한다." 그는 지역 커뮤니티가 제대로 작동하지 않아서 개개인이 자기 자신을 돌보지 않으면 안 되는 낙후한 사회적 인프라를 갖춘 지역에서 폭염 당시 사망률이 치솟았음을 데이터로 증명했다.

내가 처음 뉴욕에서 집을 얻은 곳은 '애스토리아(Astoria)'라는 맨해튼 건너편 지역이었다. 애스토리아는 대대로 그리스 출신 이민자들의 지역이었다. 하지만 이민자들 수가 늘어나면 늘어날수록 애스토리아도 세분화됐다. 내가 살던 골목은 이제 막 방글라데시(Bangladesh) 사람들이 모여 살기 시작한 곳이었다. 그곳에서 출근을 시작한 지 일주일도 안 돼 아침마다 커피를 사던 델리의 주인이 방글라데시 사람으로 바뀌었다. 매일 같이 그곳에서 커피를 사들고 지하철을 타러 갔다. 델리 가게 주인아저씨와 나는 이름도 모른 채 얼굴부터 익히게 됐다. 그때 나는 한국 매체에도 기사를 기고했다. 일주일에 하루는 꼬박 밤을 새워 마감하고 새벽같이 길을 나섰다. 찬바람이라도 불면 비혼의 상징이라는 외로움이 아침부터 나를 괴롭혔다. 그러나 집에서 30미터 정도 떨어져있는 델리에서 눈이 마주치면 아저씨는 항상 손을 흔들어줬다. 나도 손을 흔들었다. 그 당시엔 알지 못했지만 지나고 나면 집 근처 단골 가게 아저씨의 배웅이 내가 그 험한 뉴욕에 그나마 정을 붙이고 살 수 있었던 힘이 됐던 것 같다.

실제로 1년쯤 지나서 맨해튼으로 이사를 하고 난 후에는 어떤 이유에서인지 단골 가게를 만들지 못했고, 나는 향수병에 시달릴 수밖에 없었다. 맨해튼에 상륙한 지 정확히 6개월 만에 나는 한국에 있는 어느 회사로부터 입사를 제안받고 미련 없이 뉴욕을 떠났다.

나는 이런 지역 기반 커뮤니티가 그 어떤 강력한 커뮤니티보다도 비혼자들에게 더 큰 도움이 된다고 생각한다. 한국에 다시 돌아와 여러 모임과 스터디 등 수많은 커뮤니티에 한 발짝은 걸치고 있었지만, 정말 내가 속한 커뮤니티가 이

곳이라는 확신이 없었다. 그건 무슨 일이 터지면 일단 내 편부터 찾고 보는 문화가 나와는 맞지 않았기 때문인 것 같다. 내가 원한 건 이름은 몰라도 아침에 눈이 마주치면 배웅을 받을 수 있는 정도가 느슨하되 끊어지지 않는 지역 기반의 커뮤니티다. 그런데 이런 움직임이 언제부턴가 사회 전반으로 확산되고 있다. 특히 90년대 생으로 대표되는 밀레니얼 이후의 세대에서는 약하고 넓은 네트워크를 더 선호한다고 한다. 약하지만 넓은 인적 고리는 한국뿐 아니라 세계적으로도 트렌드로 자리 잡는 분위기다. 다만 서울에서는 골목 하나를 두고 커뮤니티가 바뀌는 식의 세분화된 지역 구분이 없기 때문에 동네 단골 가게 사장님으로부터 출근길에 배웅받기를 기대하기는 힘들다. 더구나 전국적으로 재개발과 재건축, 신도시들이 끊임없이 만들어지는 한국에서는 지역 기반의 커뮤니티라는 게 가능할지 의문이다. 뉴욕은 100년 된 건물이 즐비하고, 2차 대전 이후에 지어진 건물이면 그나마 다행인 오래된 도시다. 1인 가구가 계속해서 증가하고 비혼자가 끊임없이 늘어나는 상황에서 온라인이나 취미 등을 기반으로 한 가상의 커뮤니티들이 아무리 정서적 안정을 준다고 해도 지역 커뮤니티만큼의 안정감을 주기는 힘들다.

『폭염 사회』의 저자 에릭 클라이넨버그 교수의 신간

『도시는 어떻게 삶을 바꾸는가』에선 이런 가상현실 커뮤니티의 대명사인 페이스북의 명암으로 지역 커뮤니티 강화를 역설한다. 클라이넨버그 교수는 페이스북의 창업자인 마크 저커버그(Mark Zuckerberg)의 2017년 2월 공개서한을 소개하면서 "저커버그의 세계관에 한 가지 핵심 원칙이 있다면 그건 우리가 사회적, 지리적 구분을 해체하고 좀 더 크고 광범위한 도덕적 공동체를 형성할 때 인류가 진보할 수 있다는 믿음일 것"이라고 말한다. 저커버그는 세계 공동체를 만들겠다고 호기롭게 주장했지만, 페이스북 본사를 확장하면서 구글과는 달리 지역 주민들의 지지를 얻는 데 실패했다. 클라이넨버그 교수는 페이스북이 "해당 지역의 사회적 인프라를 개선하는 데 거의 아무런 노력을 기울이지 않은 탓도 있다"라고 설명한다. 가상현실 커뮤니티의 선두주자에게 지역 기반 커뮤니티의 중요성을 설명하는 건 부질없는 노력일 것이다.

나는 뉴욕 애스토리아에서 밤새 외로움과 싸워야 했지만, 아침에 어느 골목을 지나면 누군가와 아침 인사를 나눌 수 있을 것이라는 확실한 믿음을 갖고 있었기 때문에 향수병이나 우울증에 사로잡히지 않을 수 있었다고 믿는다. 그러나 최근 급격하게 늘어나고 있는 독서 모임이나 여러 종류의 가상 커뮤니티들은 유료인 만큼 돈을 내지 못하는 순간 커뮤니티에서 축출될 수밖에 없는 구조라고도 생각한다. 애스토리아 델리 가게 아저씨에게는 내가 그의 단골인 이상 월가에서 일하는 고액 연봉의 트레이더인지, 최근에 직업을 잃은 실업자인지는 상관이 없다. 그에게 나는 자신처럼 타지에서의 삶을 버텨내고 있는 전우였을 것이다.

3

둔감하지 않아도 괜찮아

SBS 예능 프로그램 〈백종원의 골목식당〉이 지난 2년
간 엄청난 인기를 얻었다. 처음 프로그램이 막 시작했을 당시
가 기억난다. 프로그램의 기획도 신선했고, 요식업으로 성공
한 전문가가 대로변 규모 있는 식당이 아닌 영세한, 한마디로
주방장을 고용할 수 없는 작은 식당에 솔루션을 제공한다는
공익성도 맘에 들었다. 그 생각은 그대로지만 사실 〈백종원의
골목식당〉을 보는 일은 어지간히 신경이 무디지 않은 사람이
라면, 그리고 공감력이 강한 사람이라면 여간 힘든 일이 아니
다. 비록 선의일지라도 성공한 장년 사업가가 장사가 안된다

는 죄로, 혹은 주방이 깨끗하지 못하다는 죄로, 실패한 자영업자를 눈물 쏙 빠지게 혼내는 것을 보는 일이 개인적으로는 즐겁지 않았다. 〈백종원의 골목식당〉은 워낙 유명한 프로그램이기 때문에 이 프로그램이 만들어내는 사회적인 노이즈를 모르고 지나치기도 힘들고, 의도치 않게 TV를 통해 보게 될 때도 있었다. 그러나 오랜만에 본 이 프로그램은 여전했다.

백종원 대표는 평택역 뒷골목에 위치한 식당 세 곳을 방문하고 있었다. 공통으로 음식 맛이 떨어진다는 지적을 당했다. 뭔가 특별히 잘못된 부분을 짚었다기보다는 백 대표가 자기 인생에서 먹어 본 가장 맛없는 떡볶이라고 표현하는 등 시청자의 입장에서 보기에도 평균에서 꽤 떨어지는 가게들로 보였다. 그러나 프로그램을 보는 동안 여전히 거북한 느낌을 받았다. 본 프로그램이 끝나고 본 짧은 예고편에서 백종원 대표는 누군가에게 다소 거칠게 충고했다. "성공한 사람들을 폄훼하지 마세요." 이유가 있었겠지만, 평택역에서 한참 떨어진 골목길의 장사 안되는 식당 주인이 성공한 요식 사업가들을 폄훼할 수 있는 것인지는 모르겠다. 더구나 그 언어는 보는 내게도 충분히 자극적인데 직접 그 얘기를 들은 이들에게는 충분히 폭력적이었다고 생각한다.

백종원 대표의 다른 유튜브 채널이나 초창기 예능 프

로그램은 날것 그대로의 묘미가 있었다. 그리고 거기서 그의 식당 경영 철학을 충분히 알 수 있었다. 그는 평소의 자기 신념대로 이 사람들이 떼돈을 벌기를 원하지 않는다. 손님들에게 양질의 음식을 비싸지 않게 제공하는 자신의 신념을 전파해왔다. 때로 그는 무기력한 젊은 청년들을 질타하기도 했고, 그중에 몇 명은 백종원 씨의 눈높이에 맞게 땀을 흘려 인기를 얻기도 했다. 그런데 이 프로그램은 뭐랄까 시대의 흐름을 완벽하게 담고 있다고 말할 수는 없을 것 같다. 바꿔 말하면 절실한 이들만을 보여주는 데 성공함으로써 경제적 성공이라는 한 가지 목표를 향해서 달려가는 게 세상이라는 묘사에 성공했다. 그러나 그런 세상만이 존재하는 것은 아니다. 골목식당이라는 프로그램의 취지도 대로변이나 먹자거리의 대형 식당들이 아닌 이면도로의 작은 식당에 맞는 성공 솔루션을 제공하는 것이다. 마찬가지로 경쟁에 이겨 인생의 '성공 가도'를 달리려 하기보단 그 이면에서 조용히 자신만의 페이스로 인생을 완주하고자 하는 사람들도 있다.

최근에 미국에서는 조기 은퇴가 꿈인 '파이어(FIRE)족'이 크게 늘고 있다고 한다. 파이어족은 '경제적 자립(Financial Independence)'으로 자발적 '조기 은퇴(Retire Early)'를 꿈꾸는 사람들을 말한다. 이 네 영어 단어의 머리글자를 따서 만든 신조어다. 40대 초반에 퇴직해 은행 빚이나 직장 생활의 스트레스에서 벗어나는 게 이들의 목표다. 1990년대 미국에서 처음 등장한 파이어족 혹은 파이어 운동은 2008년 글로벌 금융위기 이후 온라인을 통해서 급속하게 퍼졌다. 밀레니얼 세대가 그 중심에 있다.

일본 금융소설『머니론더링』의 주인공도 파이어족이다. 그는 은퇴자금 자체를 목표로 했다기보다는 일본 은행에서 미국 은행으로, 또 해지펀드로 커리어를 쌓아가던 중 능력의 한계에 부닥쳐 과감하게 일을 관둔 경우다. 최근의 트렌드는 그게 돈에 연결된 것이다. 때문에 파이어족의 목표를 조기 은퇴자금 마련이라고 단언하기 힘들다.

한국에서는 요 몇 년간 익숙해진 단어로 '번아웃(Burnout)'이 있다. '심리적 탈진'이라고 보면 정확할 것 같다. 번아웃은 주로 자신의 능력보다 주어진 업무가 과다하다고 느낄 때, 즉 업무가 자신의 능력보다 더 어렵다고 느꼈을 때 종종 찾아온다. 내가 번아웃을 처음 경험했던 건 한 외신에서 일할 때였다. 번아웃을 직접 겪어보니 탈진이라는 말과는 좀 달랐다. 좋은 음식을 먹고, 휴식을 취하고, 여행이라도 몇 번 다녀오면 정상을 되찾는 식의 육체적 탈진이 아니라 마음 한구석에 커다란 구멍이 하나 뚫린 느낌에 가까웠다. 그 구멍은 어떻게 해도 사실 메우기가 어렵다. 그래서 그 구멍의 크기가 클수록 우리는 다시 일어날 가능성이 희박하다. 구멍이 작다면, 구멍 난 독에 물을 붓는 속도를 높이는 것으로 독을 채울 수도 있겠지만 언젠가는 지치고 만다. 번아웃을 피하는 길은 이를 예방하는 길뿐이다. 그 예방책의 하나가 파이어 운동일 수 있다.

2007년 일본의 정형외과 의사인 와타나베 주니치(渡辺淳一)는 『나는 둔감하게 살기로 했다』라는 책을 냈다. 일본에서만 100만 부가 넘게 팔렸다. 일본어 제목은 '둔감력'이다. 그리고 이 단어는 그해 일본의 유행어가 됐다. 저자는 무신경한 사람을 둔감력을 가지고 있다고 표현하고 있지 않다. 우리식으로 표현하면 '개쌍마이웨이' 정도가 될 것 같다. 이 책에는 자신이 얼마나 둔감한 사람일지를 확인하는 체크리스트가 있다. 대략 이런 내용이다.

- 주위에 갈등이 생기면 '나 때문인가?'하고 고민하는 경우가 많다.
- 지인들이 기쁨, 슬픔, 억울함을 느낄 때 자주 내 일처럼 느껴진다.
- 나는 남보다 성실하고 양심적인 사람이라고 생각한다.
- 한 번 받은 비난이나 꾸중을 쉽게 잊지 못하는 편이다.

이런 식으로 20개 항목이 있다. 그중 4개 이하를 체크하면 둔감력이 충만하다고 칭찬을 받는다. 나는 거꾸로 묻고 싶다. 20개 중 4개만 골랐을 뿐인데 과감하게 저 항목에 해당된다고 체크할 수 있는 사람이 과연 얼마나 될까? 과연 이런 능력을 갖지 않은 것이 축하받아야 할 일일까? 이런 식의 둔감해지라는 조언을 담은 책도 많이 나왔다. 우리는 주위에 무례한 사람들에게 웃으면서 거절하라고 얘기하고, 그들의 말을 듣지 말라고 조언하며, 남들은 당신에게 관심이 없는데 왜 당신은 남들의 생각에 관심을 갖느냐고 타박한다. 모두 한때 베스트셀러였던 자기계발 서적 제목에 들어갔던 단어들이다.

언뜻 비혼의 삶은 앞선 장들에서 얘기했듯 둔감력이 가장 필요한 것처럼 보이기도 한다. 그러나 비혼이든 기혼이든 돌싱이든 성소수자든 타인에 대한 관심을 잃게 될 때 자기 자신에 대한 관심도 잃을 수밖에 없다. 타인으로부터 자의적으로 고립되는 삶을 사는 것도 마찬가지다. 둔감함은 인생의 대단한 비법이 아니다. 그렇게 인생을 계속 살아가다 보면, 무라카미 하루키의 표현처럼 '피부가 거칠어지고, 인기가 없어진다.' 그리고 시간이 더 흐르면 프랑스 소설가 로맹 가리 (Romain Gary)의 단편 소설 『새들은 페루에 가서 죽다』의 첫 문장과 같은 삶을 살 수밖에 없다. "그는 테라스로 나와 다시 고독에 잠겼다." 아침에 일어나 커피를 끓이며 어젯밤의 그 고독함에 다시 빠져들어야 하는 삶 말이다.

비혼족에게는 오히려 둔감하지 않을 자유가 보장되는 편이 좋다. 우리가 둔감해야 하는 이유는 주변 사람들로부터 둔감하지 않고서는 견뎌낼 수 없는 일을 자주 당하기 때문이다. 둔감력의 가장 큰 문제는 내가 남들에게 둔감해져야 한다는 데 있다. 남들이 나의 삶에 선택적으로 둔감해져 줄 수는 없을까? 쉽게 말해 그저 따뜻하게 한번 쳐다봐주면 될 것을 우리는 '너를 위해서'라는 명분으로 다그치고 있는 것은 아닐까.

4

혼자서 늙는다는 것

나이가 어느 정도 찬 비혼자들은 왜 부모님들이 몇 년 전 그렇게도 결혼을 강권했는지 적어도 머리로는 이해할 수 있을 것이다. 영화 〈돈의 맛〉에서 재벌가 딸로 나오는 윤여정은 데릴사위 역할을 하던 남편 백윤식이 필리핀 하녀와 바람이 난 것을 확인하고는 남편에게 이렇게 얘기한다. "내가 당신을 거리에서 쓸쓸히 늙어 죽게 할 거야." 30대 이상의 비혼자들은 이 말이 얼마나 무서운 말인지 잘 알 거라고 생각한다. 태어난 이상 죽어야 하는 게 인간이고, 태어날 때 자신을 둘러싼 사람들의 축복을 기억할 수 없기 때문에 어쩌면 우리는 사람들의 애도 속에서 쓸쓸하지 않게 죽음을 맞기를 더욱 기대하는지도 모른다. 그러나 현실적으로도 이제 쓸쓸할지는 몰라도 혼자서 죽어간다는 것이 대단히 드문 일도 아니다.

셸리 케이건(Shelly Kagan)의 『죽음이란 무엇인가』에는 우리가 죽음을 왜 두려워하는지에 대한 정의가 잘 나와 있다.

"사람들이 죽음을 두려워한다고 말할 때 그 대상에 대한 정확한 의미가 죽어가는 과정이라면, 일부 사람에게는 해당될 수 있을지 몰라도 대부분의 사람이 그런 의미를 마음속에 품고 있다고 보기는 어렵다. 내 생각에 대부분의 사람은 죽음 그 자체, 즉 죽어있는 상태를 두려워하고 있다. (중략) 여기서 명심해야 할 부분은 죽어있는 상태와 같은 것은 존재하지 않는다는 사실이다. 죽어있는 상태에서는 어떤 경험도 일어나지 않는다. (중략) 이는 죽어있는 상태가 사실상 본질적으로 나쁜 게 아니라는 의미다. 그 이유는 죽어있는 상태와 같은 것이 존재하지 않기 때문이다. 그러므로 우리가 죽음을 두려워한다고 말할 때 그 의미가 죽어있는 상태를 두려워하는 것이라면, 두려움은 적절한 감정이라고 할 수 없다."

이 책에서는 죽음의 본질을 이렇게 정의하고 있다. 그래서 앞서 언급한 〈돈의 맛〉에서 재벌가 데릴사위를 연기

한 백윤식의 죽음은 개인적으로 이 영화의 메타포 중 가장 수준 높은 것이라고 생각한다. 백윤식은 재벌가 딸인 부인의 욕조에서 스스로 목숨을 끊는다. 그는 핏빛 욕조에서 오페라 아리아를 큰 목소리로 부른다. 그의 주위에는 재벌 회장인 장인, 부인, 딸 모두가 모여 그의 죽음을 지켜본다. 그러나 그는 아주 쓸쓸하고 외롭게 혼자 죽어간다.

비혼과 퇴사, 스스로 만족하는 삶을 사는 이들이라도 쓸쓸히 늙어간다는 것, 그래서 구체적으로 어떻게 죽음을 맞이하게 될지에 대해서는 아주 깊게 생각해보지 않는다. 그러나 비혼의 삶을 선택했다면 자기 죽음을 구체적으로 떠올려보는 것이 좋다. 그러면 실제로 우리가 외롭게 늙어가는 것을 왜 두려워하는지 알 수 있다. 비혼 가구의 두려움은 신체적 죽음이 아닌 사회적 죽음에 있기 때문이다. 비혼 직장인이 회사를 그만두면 '은퇴'라고 말하지 않고 '퇴사'라고 말한다. 나이에 따라 다르겠지만 퇴사라는 표현은 재입사라는 미래를 함께 품고 있다. 지금 직장 생활이 괴롭다고 해서 퇴사하고 '제주도 한 달 살기', '시드니 한 달 살기'를 하고 돌아온다고 해서 다시 즐거운 회사 생활이 가능해지진 않는다. 원인이 해결되지 않았는데 입사와 재입사를 반복한다고 해서 달라질 건 없다. 그건 또 다른 버티기이자, 미래를 저당 잡히는 일이다.

퇴사를 실제 은퇴로 받아들일 수 있는 용기가 필요하다.

'은퇴'라는 개념은 시대에 따라 변해왔다. 일반적으로 회사의 정년과 상관없이 일을 그만두는 나이를 대부분 65세로 생각하는데 조지프 코글린(Joseph Coughlin)의 『노인을 위한 시장은 없다』라는 책에선 그 이유를 명확히 밝히고 있다.

"(은퇴는) 1875년에 전환점을 맞이하는데, 이 해에 오토 폰 비스마르크(Otto von Bismarck) 독일 재상이 좌파 선동가의 공세를 꺾어보자는 심산에서 세계 최초로 전국 노령 사회 보험 제도를 창안했다. 짐작건대 비스마르크가 이 계획을 세우며 나이를 65세로 정한 계기는 당시 자신의 나이였기 때문이며, 그 뒤로는 모두 이를 따랐다." 은퇴의 개념조차 널뛰기를 하는데, 은퇴에 대한 두려움을 가질 필요는 없다.

흔히 연인의 이별을 '더 이상 가슴이 뛰지 않는다'고 표현하고, '어떻게 사람이 계속 가슴이 뛸 수 있느냐'고 반박하는 게 흔한 논쟁이다. 일에 대한 열정도 한계가 있다. 많은 사람은 일을 신성시한다. 직장인들은 큰돈을 주고 리더십 수업을 듣고, 사업 인사이트를 기르기 위해 노력한다. 하지만 실제 세상은 한 줌도 안 되는 리더들의 의지가 그가 일군 회사에 다니는 수십에서 수백만 명의 직원들을 통해서 구현되는 식으로 돌아간다. 리더보단 리더가 아닌 사람이 훨씬 많은데도 리더십에 대한 강좌가 매번 완판되는 현실은 결국 두려움 때문이다.

은퇴에서 가장 염두에 두어야 할 점은 결국 돈의 흐름이다. 자신이 가지고 있는 자산이 얼마나 많든, 우리는 자산이 불어나길 원하지 자산이 줄어들길 원하진 않는다. 자신이 일정한 수입이 없을 때 줄어들 현금성 자산만큼 두려운 것도 없다. 겪어보지 않고는 알기 힘든 강도의 두려움이다. 결국 은퇴 이후에도 현금 흐름을 유지하는 것이 두려움을 줄여주는 일이다.

자본주의와 시장경제

자본주의와 시장경제를 좀 더 잘 이해하려면 그 반대되는 개념이 무엇인지를 살펴보는 게 좋다. 자본주의의 반대편에는 사회주의가 있고, 시장경제의 반대편에는 계획경제가 있다. 자본주의의 사전적 의미는 재화의 소유권을 개인이 갖는 것이다. 그리고 이 개인의 소유권은 자신의 자유의지나 법률에 의하지 않고서는 누구에게도 양도할 수 없다. 이런 개인의 배타적 소유권을 사회 구성원의 기본권으로 인정하는 사회경제체제를 자본주의라고 한다. 사회주의 관점에서는 생산수단을 가진 자본가와 기업가 계급이 자신들의 이익 추구를 위해 생산활동을 하는 것을 자유롭게 보장하는 체제다.

자본주의 체제에서 개인은 자신이 소유한 재화를 자유롭게 매매, 양도, 소비할 수 있기 때문에 인간의 이기심을 사회 발전의 동력으로 삼는다. 자본주의 체제 하의 개인이 재화를 처분하는 공간을 시장경제로 이해하면 된다. 다만, 이 시장은 공정한 곳은 아니다. 시장에선 재화를 독점해 가격을 올려 이익을 극대화할 수도 있다. 이처럼 힘의 우위로 발생하는 자유시장에서의 사회적인 불공정을 현대 국가에선 법률 등으로 일정 부분 제한하고 있다. 이탈리아 경제학자 루이스 진갈레스(Luigi Zingales)는 『사람들을 위한 자본주의』라는 저서에서 자본주의에 필연적으로 따라붙는 특권과 불공정이 지난 10년간 더욱 퍼지고 있다고 지적하며 "경제적 재앙을 일으킨 자들에게 수억 달러의 세금을 지원하는 일들이 결국 시스템이 공정하다는 인식을 약화시켰다"라고 주장한다.

자본주의 체제가 정착한 건 18세기 영국에서 산업혁명으로 부를 축적한 자본가들이 등장한 이후다. 하지만 역사적으로 재화의 소유권이나 생산 수단의 사적 소유라는 측면에서 자본주의에 관한 의식은 인류가 농업을 시작하면서부터 싹트기 시작했다. 다만, 땅을 소유하거나 소유권을 행사하는 일이 극히 제한됐던 과거 신분 주의 사회에서는 자본주의가 일부를 위해 작용을 했고, 중세 시대에 와서 유럽의 길드가 시작되면서 일종의 노동이라는 개념이 확립됐다. 이슬람 문화권에서는 9세기 이후 상업을 근간으로 한 자본주의가 시작됐다. 해당 시기에는 이미 무역회사, 수표, 유한회사나 대기업 등이 등장했다. 영국 싱크탱크 네스타(Nesta) 재단의 제프 멀건(Geoff Mulgan) 대표는 저서 『메뚜기와 꿀벌; 약탈과 창조, 자본주의의 두 얼굴』에서 "자본주의는 현대 문명의 핵심인 만큼 일반적으로 그 정의가 합의되어 있으리라고 생각하기 쉽지만 사실 매우 상이한 견해들이 존재한다"라고 말했다. 그는 자본주의의 본질은 핵심부에 있는 권력자가 누구인지라며, 슘페터(Schumpeter)처럼 기업가를 그 핵심부에 두기도 하고, 사회학자 찰스 틸리(Charles Tilly)처럼 자본가에 힘을 실어주기도 한다고 설명한다. 하지만 멀건 대표는 여러 가지 자본주의의 본질보다는 이 체계의 목표인 '교환 가능한 가치의 성장을 추구하는 것' 자체를 자본주의 본질이라고 정의한다. 한마디로 끊임없이 부를 늘리려는 욕망 자체가 자본주의의 본질이라는 얘기다.

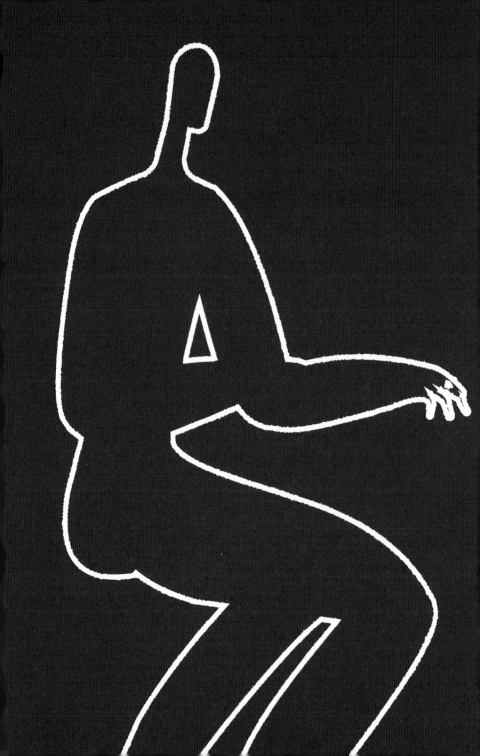

제 5 장

비·미혼의 경제학

1

외로움의 비용

혼자 사는 비미족에게 고독은 자발적인 동시에 사회 구조로부터 강요받은 비자발적인 대가다. 그렇다면 외로움의 경제적 비용은 얼마나 될까? 아니 외로움이라는 지극히 개인적인 경험과 경제라는 집단적 개념이 과연 상존할 수는 있을까? 미국과 영국 정부는 두 질문에 모두 그렇다고 답한다. 미국 국립노화연구소(National Institute of Ageing, NIA)는 은퇴자를 대상으로 한 보고서에서 외로움으로 발생하는 추가 비용이 매년 70억 달러에 달한다고 주장한다. 영국은 자영업자들 위주로 400만 명 이상의 회원을 지닌 생활협동조합(Coops) 보고서를 통해 외로움으로 인한 추가 비용이 매년 25억 파운드(약 30억 달러)가 발생한다고 주장한다. 하지만 한국에서는 외로움이 경제적인 비용을 초래한다는 것은 고사하고 이를 인정한다는 것 자체를 지고 들어가는 싸움으로 간주한다. 특히, 한창 직장 생활을 하고 있다면 외로움이란 경쟁 상대로부터 짓밟히기 쉬운 약점에 불과하다. 대부분의 비용은 주로 의료비용으로 잡히지만, 영국의 경우 더 자세한 명세서가 있다. 영국 생협은 외로움으로 인한 병가와 관련 의료비용으로 2,000만 파운드, 외로움 때문에 병을 앓는 이들을 간호하느라 일을 하지 못하는 비용이 2억 2,000만 파운드, 이와 관련한 생산성 하락으로 6억 6,500만 파운드, 그리고 이와 관련해 자발적으로 퇴사하는 직원들과 관련된 간접 비용으로 16억 2,000만 파운드가 든다고 설명한다.

한국에서 외로움은 종종 여성의 전유물로 (부당하게) 여겨졌다. 다르게 얘기하면 남성들은 외로움을 남성성의 반대에 있는 나약함이자 약점이라고 취급해왔다. 증거는 없다. 통계도 없다. 이렇게 큰 오해도 없다. 외롭다는 동사의 성을 굳이 나눈다고 가정하면 여성도 남성도 아닌 중성일 거다. 프랑스의 대표 문학상인 공쿠르상을 본명과 가명으로 두 번이나 받은 유일한 소설가 로맹 가리는 남자들의 외로움을 그의 단편 소설 『새들은 페루에 가서 죽는다』에 표현했다. 주인공은 페루 해변의 유일한 카페를 운영하는 마흔일곱 살의 남자다. 그는 아침에 일어나 테라스로 나와서 커피 한 모금, 담배 한 입도 대기 전에 벌써 고독에 잠겨야 하는 사람이다. 고독 즉 외로움과 연결되는 건 항상 희망이다. 이 주인공은 하루에도 몇 번씩 고개를 들려는 희망을 억누르는 데 필사적이다. 적어도 그가 겪어온 세월 동안 희망의 끝은 항상 절망과 외로움이었기 때문이다. 오래전에 쓰인 짧은 단편 소설이지만, 묘하게 2019년의 한국의 모습과 겹쳐진다.

외로움의 남녀평등적 발생의 증거는 많은 곳에서 발생한다. KB금융지주 경영연구소가 최근 펴낸 「2019 한국 1인 가구 보고서」에서 가장 두드러지게 남녀 간 차이가 나는 것은 1인 가구 생활의 고충이다. 오히려 혼자 사는 남성이 미혼의 여성보다 외로움을 더 큰 문제로 느낀다. 30대 이상의 남자들은 모두 '외로움'이 가장 큰 걱정거리라고 답했다. 20대 남성들조차 경제문제에 이어 외로움을 2위로 꼽았다. 하지만 여성의 경우는 20대 이후 전 연령층에서 경제문제를 가장 큰 걱정거리로 꼽았다. 외로움은 30대에서만 2위를 기록했고 20대는 3위로, 40대는 4위, 50대는 3위로 꼽았다. 이런 결과는 '결혼 의향이 없는 1인 가구' 비율에 잘 나타나 있다. 여성은 20대

4.2%, 30대에 13.9%, 40대 29.5%, 50대는 무려 45.1%가 결혼 의향이 없다고 답했다. 반면 남성의 경우 이 비율이 20대 8.2%, 30대 6.3%, 40대 18.6%, 50대 24.3%로 조사됐다.

보고서에 따르면 한국의 1인 가구는 2017년 현재 약 562만 가구로 국민 100명 중 11명이 1인 가구다. 우리 총인

남성 1인 가구의 걱정

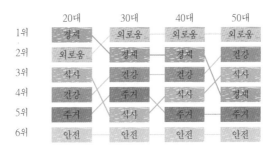

여성 1인 가구의 걱정

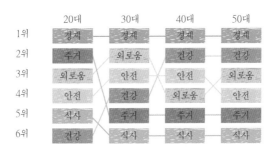

자료:KB금융지주

구는 2028년을 기점으로 감소할 것으로 예상되지만 미혼율은 계속해서 상승하면서 1인 가구 수는 인구 감소 시점 이후에도 계속 증가할 것으로 예상된다. 혼자 사는 사람들은 전국 곳곳에 퍼져있다. 꼭 서울과 같은 대도시만의 문제가 아니다. 1인 가구 비중은 서울을 포함한 전국 9개 지자체에서 30%를 넘어섰다. 특히 남성 1인 가구가 꾸준히 증가하면서 1인 가구의 남녀 비율은 이제 사실상 거의 동등한 수준이다. 평생 결혼하지 않는 생애미혼율이 한국 남성의 경우 2015년 약 11%로, 일본의 20년 전과 유사한 수준을 보였다. 무엇보다 1인 가구의 경제력은 예상에 한참 미치지 못한다. 한국의 1인 가구 순자산은 약 1억 3,000만 원이고, 빚은 2,100만 원으로 순자산은 불과 1억 원을 조금 넘는 수준이다. 1인 가구는 주거비용, 음식, 식료품 순으로 지출 비중이 높았다. 기존 4인 가구가 교육비 등에 큰돈을 쓰고 있는 것과는 다르다. 1인 가구는 경제력이 조금씩 좋아지고 있다고는 해도 가구별로 보면 가장 경제적으로 취약한 계층이다. 그런데도 남성들의 경우 대부분 경제문제보다 외로움을 더 큰 걱정이라고 느끼고 있다. 하지만 국내에선 미국과 영국처럼 외로움을 사회문제로 보고 경제적 비용을 산출하려는 시도는 아직 없다. 영국이 지난해 외로움 담당 부처를 지정하고 장관을 겸직 형태로 임명했는데,

국내 언론이 이를 가십 형태로 다룬 데서 외로움이 경제적 문제라는 인식을 전혀 하지 못하는 상황이다.

현재 1인 가구 중에서 앞으로도 10년 이상 혼자 살게 될 것이라고 예상하는 이들의 수는 계속 늘어나고 있다. 특히 혼자 사는 생활에 만족하는 여성들이 매우 많다. 보고서는 "최근 사회 분위기도 혼자 사는 삶을 개인의 선택이고, 나이가 들면서 자연스럽게 겪는 과정으로 받아들이는 흐름이 감지된다"라고 주장했다. 결혼에 유보적인 태도를 보이는 경우가 여전히 많기 때문이다. 결혼 계획이 없는 1인 가구가 직장생활 등 생업과 취미활동, 여행 등에 많은 시간과 비용을 쓰고 있지만, 여전히 외로움은 남녀 모두 가장 큰 걱정거리 중에 하나다. 혼자 사는 이들은 자신들의 생활에 만족감을 표하는 경우가 60%였다. 경제적 만족도가 가장 높은 40대 남성 1인 가구의 생활 만족도는 오히려 20대 여성들보다도 낮았다. 보고서는 "1인 가구는 현재 '외로움' 해결에 고군분투하고 있다"라고 주장한다. 생활에 문제가 발생했을 때 여성들은 다른 사람을 찾아보면서 사회에서 고립되지 않는 모습을 보였지만, 남성들은 최대한 스스로 해결하려는 경향이 강했다.

호주에서도 외로움을 사회문제로 놓고 해결하려는 정부의 움직임이 계속되고 있다. 영국 일간지 가디언은 지난해 10월 '영국 외로움 담당 부처가 호주의 사회적인 고립을 막을 방법을 제안했다'는 기사에서 "호주 빅토리아주 주의회 의장이 외로움은 심각한 문제이며 정부의 개입이 필요하다고 인식하고 있다"라며 주 정부 차원에서 영국처럼 외로움 담당 부처를 만들기 위한 작업에 들어갔다고 보도했다. 신문은 호주 은퇴자 등 1인 가구가 사회적으로 고립되는 이유 중 하나로 역시 경제적 문제를 꼽았다. 가디언과 인터뷰에서 한 호주 퇴직자는 "사람들과 계속 교류를 하는 데는 돈이 든다"라고 밝혔다.

2
비미족의 재테크는 다르다(1)
제1원칙은 소비의 재구성

어느 매체에나 재테크 전문가들이 등장해 독자들의 투자 포트폴리오를 다시 짜주는 코너가 있다. 하지만 1인 가구의 투자법은 이런 식의 재테크와는 달라야 한다. 통계청 산하 통계개발원이 2017년 발표한 「솔로 이코노미 분석」 보고서는 소비의 측면에서 1인 가구 증가를 분석했다. 결론적으로 보통의 1인 가구는 소득이 적기 때문에 식비와 같은 필수 소비가 많아서 저축하기 힘들다는 다음과 같은 내용이 요지다.

"1인 가구의 증가는 전체 소비 규모의 증가보다 소비 지출 형태의 변화에 더 큰 영향을 미치는데, 연령대별로 살펴

보면 60세 이상 고령층 1인 가구의 평균소비성향은 가장 높은 수준이나, 이들은 낮은 소득수준 대비 필수 소비지출 비중이 높아 소득 대부분이 소비로 이어져 삶의 질이 낮다. 20대 이하 및 50대 1인 가구는 2인 이상 가구보다 평균소비성향이 높은데, 이는 자아실현 욕구가 높은 20대와 충분한 경제력을 갖춘 50대 남성들이 자기 지향성이 강한 소비구조를 가지기 때문이다. 30대 및 40대 2인 이상 가구는 1인 가구에 비해 평균 소비성향이 더 높고 변동성이 작은데, 이는 높은 교육비 지출에 기인한다."

비미족 1인 가구의 재테크는 돈이 가장 많이 들고 또 오랫동안 지속되는 교육비 지출에서 자유롭다는 점에서 출발하는 게 좋다. 전문가들이 1인 가구 재테크와 관련해서 해주는 조언들은 2인 가구, 4인 가구를 위한 재테크 충고를 반복하는 경우가 많다. 대표적인 조언은 연봉이 2,000만 원만 넘어도 은행에 10억 원을 넣어두고 받는 1년간 이자와 같으니 하여간 계속 일을 하라는 얘기다. 보험과 연금, 금융상품 추천은 필수다. 은퇴 이후 필요한 생활비가 200~300만 원이니 통장에 10억 원이 있어도 부족하기 때문이라고 한다.

왜 재테크와 관련해서는 항상 10억 원 얘기가 나올까? 2000년대 초반 '직장인 10억 모으기'가 유행했다. 재테크 서적이 줄줄이 나오고, 포털 사이트에는 10억 모으기 카페들에 사람들이 몰렸다. 사실 특별한 이유는 없었다. 한 재테크 서적 저자는 "연 금리가 10%이던 시대에 10억 원이 부자의 기준이었기 때문"이라고 했지만, 시대는 변해도 너무 변했다. 지금 금리는 1%대다. 굳이 해묵은 10억 모으기 열풍의 이유를 들자면 강남을 대표하는 압구정동 현대아파트 2채 값이라는 점이다. 국민은행 부동산 시세에 따르면 2000년 당시 압구정동 현대아파트 43평형은 5억 7,000만 원이었다. 그런데 이 아파트는 2003년 7억 5,000만 원이 되더니 불과 2년 만에 13억 2,500만 원으로 두 배 가까이 올랐다. 최근 아파트 광풍에 힘입어 2016년 20억 원이던 이 43평형 압구정 현대아파트는 이제 32억 원이 됐다.

요약하면 살 수 없는 아파트란 얘기다. 재테크의 목표가 강남 아파트값이라면 문제는 심각하다. 최근에는 '직장인 30억 원 모으기'란 말이 자주 들린다. 예전과 다르게 단순히 모으는 게 아니라 30억 원을 모은 후 조기 은퇴를 하겠다는 말이다. 금액이 3배 늘어났지만 직장인들이 주된 직장 즉 그나마 가장 월급을 많이 주던 직장에서 퇴직하는 시기는 훨씬 더 줄어들었다. 미래에셋은퇴연구소가 2019년 4월 발표한 자료에 따르면 현재 나이가 50~60세인 직장인은 평균

54.5세에 주된 직장에서 퇴직했다. 2017년 3월 한국고용정보원이 발표한 고용동향 보고서에 따르면 주된 일자리에서의 평균 퇴직 연령은 49.1세였다. 수출 대기업들은 같은 기간 3배 이상의 평균 연봉 상승이 있었지만, 그 숫자가 너무 적다. 대기업도 소기업도 아닌 언론사를 기준으로 한 연봉 상승률은 사실상 0이었다. 기자협회보가 언론재단 연감을 참조해 2016년 게재한 기사에 따르면, 2001년 언론사들의 평균 연봉은 4,323만 원이었고 2016년에는 6,171만 원이었다. 하지만 물가상승률을 반영한 실질 평균 임금은 2001년 6,299만 원, 2016년 6,171만 원으로 오히려 줄었다. 문제는 이 정도 연봉은 대한민국 평균의 두 배 가까이 된다는 점이다. 고용노동부 자료에 따르면 2016년 임금 근로자 1,519만 명의 평균 연봉은 3,400만 원이었다.

과거보다 더 적게 벌고, 더 짧게 일해야 하는 시대에 일부 부촌의 부동산 가격의 오름세는 우리의 자산 추월의 추격 의지를 꺾어놓기 십상이다. 그래서 1인 가구의 재테크는 일단 목표 금액을 낮추거나 없애는 데서 시작하는 게 좋다. 목표 금액이 존재하는 한 비미족의 사회생활은 불안과 공포가 지배한다. 비미족 재테크의 첫 시작은 투자 포트폴리오의 재구성이 아니라 소비생활의 재구성이 돼야 한다. 한국보건사회연구원이 2012년 펴낸 「가족구조 변화와 정책적 함의」 보고서를 보면 연령대별 1인 가구의 실제 목소리가 자세히 나와 있다. "사는 건 어렵지. 돈이 한 40만 원 정도 (정부에서) 나오면, 전화요금 5만 원 정도 빼고, 35만 원 가지고 병원 다니면 차비 하고, 그러니까 어렵지. 그러니까 죽고 싶다고 하지. (70대 1인 가구 A 씨)" 보고서는 세대별로 10여 명을 뽑아 심층 인터뷰를 했는데 A 씨는 70대 1인 가구다. 정부 보조금으로 생활하는 A 씨의 미니멀리즘적 소비는 자신의 선택이 아니다. 설령 같은 정도의 소비를 하게 될지언정 우리는 이를 선택할 자유가 있어야 한다.

이런 일의 시작은 30대부터다. 이 보고서에서 사례 A5라고 명명된 30대 B 씨는 혼자 사는 것의 장점을 자유라고 말했다. "간섭. 상대방. 주변의 간섭이 없다는 점. 쉴 때는 편히 쉬고. 여자친구 생기면서 '지금 어디쯤 있어?' 확인하고. 스케줄 잡고 그런 게 불편하다.(30대 1인 가구 B 씨)" 하지만 자유의 이면에는 책임이 있기 마련이다. 30대 C 씨의 말이다. "혼자 살면서, 아무래도 경제적으로 사고를 많이 치니까 힘들면 계속 엄마한테 기대고 끙끙 앓다가 또 기대고 이렇게. 솔직히 많아요. 제가 좀 창피한 일이지만 카드값이 감당이 안 되고 대출받는 삶도 많고, 오죽하면 여성 우대 대출이 나왔을까 싶을 정도로 정말 많아요. 제 주변에 대출 안 받은 친구는 가족이랑 같이 사는 친구?(30대 C 씨)"

이들은 모두 육체적으로는 사회에서 독립한 상태지만, 직업이 자주 바뀌고 불안정해 사실상 경제적 독립을 이뤘다고 보기 힘들다. 이들 중 두 명의 월수입은 150만 원대다. 이들은 월세로 각각 40만 원과 35만 원을 지출하고, 관리비를 포함하면 약 50만 원을 쓴다. 교통비는 약 10만 원, 휴대전화 요금이 7년 전 기준으로 6~10만 원이며, 식비로 30만 원을 사용한다. C 씨는 어머니에게 진 빚을 갚는 형식으로 월 30~50만 원을 송금하느라 저축을 하지 못하고 있으며, 다른 인터뷰이의 경우에도 저축은 월 30만 원에 불과하다. 이들은 1인 가구로서 최소한의 품위를 유지하고 살기 위해서는 세후 소득이 190만 원에서 200만 원 초는 돼야 한다고 말한다.

당시 아파트 관리사무소에서 근무하는 30대 후반 남성인 D 씨는 전세금과 보유하고 있는 주식으로 약 2억 원 정도의 자산을 가지고 있었지만, 그것으로 충분하다고 생각하지는 않았다. D 씨는 장남으로서 부모님의 노후도 생각해야하고, 동생들도 생각해야 한다고 생각하면서 언제 어떻게 될지 모른다고 했다. "지금 2억 원이 있다고 해도 만약 부모님이 편찮으시다고 그러면 절반 이상 날아간다고 봐요, 한방에.

그럼 결코 많은 돈이 아니죠. 그렇다고 제가 결혼을 한 상태도 아니고 미혼이기 때문에 결혼하면 결혼자금으로 들어가야 하죠. 집도 장만해야겠죠. 그러니까 어떻게 하기가 힘든 입장이 돼버렸어요.(30대 D 씨)"

언젠가부터 우리는 '가장 큰 투자는 자기 자신을 위한 투자'라는 이상한 신화에 자주 노출되고 있다. 이 투자란 사실상 직무능력을 위한 투자다. 30대는 한창 일이 재미있을 나이다. 직업을 통한 성취감은 때로 여러 가지를 희생하게 만든다. 직무능력을 가르치는 고가의 학원들이 넘쳐나고 있다. 하지만 보건사회연구원이 심층 인터뷰 한 40대 1인 가구 E 씨의 얘기는 다르다. "열심히 했어요. 입시학원 13년 5개월 딱 하고, 그게 내가 하고 싶어서 일할 때 하고 남편과 헤어지는 순간부터 이제 내 경제적 해결을 해야 하는 생계형이 돼버렸잖아요. 그때부터 일이, 그전까지는 즐거웠는데 그다음부터는 스트레스가 오더라고요. 솔직히. 해야만 한다는 거. 내가 좋아하는 일이라서 내가 저축할 수 있는 돈이었으니까 즐겁게 일했는데. 혼자 일하면서 이게 내가 생계형이 되고, 바로 IMF 터졌어요. 태어나서 처음 빚이라는 걸 지어봤어요."

10억 원, 30억 원 모으기는 또 다른 이상한 신화다. 일자리와 일할 수 있는 시간은 줄어들고, 임금 인상률은 사실상 제자리걸음을 하고 있으며, 은행 금리가 2%가 안 되는 사회에서 이 정도 액수를 목표로 하다가는 제풀에 지질 수밖에 없다. 스스로 해결할 수 있는 일은 오직 '소비 줄이기'뿐이라는 점을 인정하고 마음을 편하게 갖는 것이 비미족 재테크의 제1원칙이다.

3

비미족의 재테크는 다르다(2)
부동산 집착 사회와의 이별

봉준호 감독의 영화 〈기생충〉은 한국 영화로는 처음으로 2019년 칸 국제영화제 황금종려상, 2020년 아카데미 작품상, 감독상 등을 수상했다. 국내에서만 1,000만 명 이상이 본 영화다. 그런데 일부 관람객들은 영화를 보고 나서 불쾌감을 느꼈다고 개인 소셜미디어나 인터넷 커뮤니티에 글을 올렸다. 영화에선 고급 주택가의 2층 단독주택에 사는 IT 기업 CEO 박 사장 가족과 반지하 집에 사는 김기택 가족의 집이 선명하게 대비되는데, 관객 중 일부가 한동안 살았던 반지하 집에서의 좋지 못한 경험이 떠올랐기 때문이다. 영화가 개봉

하고 나서 한동안 반지하 거주의 경험에 대해 고백하는 이들이 많았다.

얼마나 많은 사람이 영화의 배경인 서울의 반지하에 살까? 통계청 조사에 따르면 2018년 전국 가구 수는 1,983만인데 이 중 서울에 378만 가구가 살고 있다. 전국의 반지하 주택 거주 가구는 36만이고, 서울에만 22만 가구가 있다. 서울 전체 가구의 5.8%가 반지하에 거주하고 있는 것이다. 가구당 평균 세대원은 2.35명이므로 서울에서 반지하에 거주하는 인구는 86만 명이다. 서울시의 전·월세 집 거주 기간은 2년이 안 되니 지난 10년간 반지하 집에서 살았던 사람은 중복을 고려하지 않을 경우 860만 명. 이 중 상당수가 빈곤율이 높은 청년 혹은 노년 1인 가구일 것으로 추측된다. 국토연구원 자료에 따르면 2018년 첫 내 집 마련에 성공하는 나이가 43세를 넘겼다.

1인 가구의 재테크 실천 편에 앞서 집 얘기부터 시작하는 이유는 적어도 한국에서 모든 재테크의 첫 목표는 내 집 마련이기 때문이다. 그리고 적어도 지금까지는 이 첫 집을 어떻게 굴리는가에 따라 평생의 재테크가 따라왔다. 현재 집 테크는 다른 모든 재테크 수단의 수익률을 압도하고 있다. 마포구에서 지은 지 10년이 넘은 아파트를 최근 폭등기가 막 시작되던 2015년에만 샀더라도, 수익률은 일반적으로 150%에 달한다. 혹시라도 청약이나 분양권, 입주권을 샀더라면 최소 200% 수익률이다. 마포구 공덕동에서 2015년에 입주한 공덕 파크자이 113㎡형은 당시 입주권이 분양가 이하인 6억 원대 에 거래됐지만, 현재 15억 원에 실거래되고 있다. 적금, 예금, 펀드, 금은 말할 것도 없고 말 많은 브라질, 베네수엘라 채권 을 4년 동안 최고의 리스크를 안고 투자하더라도 절대 이룰

2017년 5월 이후
서울 자치구 시가총액 얼마나 늘었나 (단위: 조 원·%)

* 2017년 4월 대비 2019년 10월 시가총액 증가액,
  괄호 안은 증가율

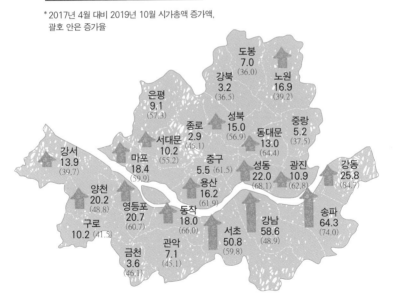

도봉
7.0
(36.0)

강북
3.2
(36.5)

노원
16.9
(39.2)

은평
9.1
(57.3)

성북
15.0
(56.9)

중랑
5.2
(37.5)

종로
2.9
(45.1)

동대문
13.0
(64.4)

서대문
10.2
(55.2)

강서
13.9
(39.7)

마포
18.4
(59.9)

중구
5.5 (61.5)

성동
22.0
(68.1)

광진
10.9
(62.8)

강동
25.8
(84.7)

양천
20.2
(48.8)

영등포
20.7
(60.7)

용산
16.2
(61.9)

구로
10.2 (41.5)

동작
18.0
(66.0)

서초
50.8
(59.8)

강남
58.6
(48.9)

송파
64.3
(74.0)

금천
3.6
(46.1)

관악
7.1
(45.1)

수 없는 수익률이다.

　1인 가구 재테크의 1원칙이 소비의 재구성이었다면, 실천 편은 2000년대 이후 3번에 걸쳐있었던 부동산 급등장에서 벗어나는 데서부터 시작해야 한다. 집은 사는 곳이고, 노년에 주택연금으로 활용할 수 있으면 된다고 생각을 바꿀 수만 있다면 1인 가구의 행복도는 상당히 올라갈 수 있다. 덴마크 관련 정보 포털 '네이키드 덴마크(NAKED DENMARK)'는 "행복해지고 싶다면 연봉보다 주거 만족도를 올려라"라고 조언한다. 메체는 영국 유통업체 킹피셔(Kingfisher)가 덴마크 행복연구소에 의뢰해 집과 행복도의 관계를 분석해 2018년「좋은 집 보고서」를 발표했다. 영국, 프랑스, 덴마크 등 유럽 10개국에서 국가당 최소 1,000명 이상, 전체 1만 3,489명을 상대로 설문 조사를 실시하고, 전문가 78명을 인터뷰한 결과, 집에 만족한다는 응답자 중 73%는 자신의 인생에도 만족한다고 답했다. 전체 행복도에 영향을 미치는 요소 중 집이 차지하는 비중은 15%였다. 이는 정신 건강(17%)에 육박하고, 신체 건강(14%)보다 더 높으며, 소득(6%)보다 두 배 이상 높은 비중이다. 다만 연구진은 '좋은 집'이 자가와 임대 여부에 크게 좌우되지 않고, 집 크기에도 영향을 받지 않는다고 말한다. 집에 만족하는 데 집 크기보다 거주자가 충분한 공간이라고 느끼는지가 3배 이상 중요한 것으로 조사됐다. 연구진은 다른 사람을 집에 초대해서 공간을 공유하고, 월세나 자가에 무관하게 자신의 개성을 표현하는 공간으로 만들면 만족도가 더 커질 것이라고도 조언했다.

하지만 '집=자산의 대부분'인 한국에서 월세와 자가에 무관해지기란 쉽지가 않다. 집을 사기 위해 빚을 많이 졌기 때문이다. 2018년 가구당 평균 금융자산은 1억 512만 원이었고, 가구당 평균 부채가 7,531만 원이었다. 부채를 정리하면 가구당 평균 가용 현금은 3,000만 원이 안 된다. 예전보다 실업급여 지급일이나 금액이 늘어났다고는 해도 부족하다. 현재 국내 실업급여 지급 기간은 1~3년 근무(고용보험 가입기간) 시 30~50세 미만의 경우 120일, 10년 이상 근무 시 210일이다. 미래에셋은퇴연구소가 2019년 4월 조사한 조기 은퇴자의 재취업 구직 및 재직 기간조차 굉장히 빠른 것도 이와 관련이 있다. 주된 일자리를 그만둔 후 1차 구직에 5.8개월, 2차 구직에 4.7개월이 걸렸지만 재직 기간은 19개월에 불과했다. 특히 정규직 비율이 이전 89.2%에서 40%대로 반토막 났고, 평균 월 소득도 426만 원에서 269만 원, 244만 원으로 크게 줄었다. 자신과 잘 맞는 직장을 찾기에는 시간이 부족했다고 추정할 수 있다.

다시 덴마크로 돌아가보자. 덴마크에선 그전에 얼마 동안 일을 했는지 상관없이 최대 2년간 주 정부로부터 실업급여를 받을 수 있다. 네이키드 덴마크에 따르면 1990년대에 도입한 다그펭에(Dagpenge: unemployment benefits)는 '일일 생활비'란 뜻으로 정부가 실업자에게 제공하는 돈이다. 매월 실직 전 3개월 평균 임금 대비 75~90%를 받는다. 참고로 2014년 보충연금 소득대체율은 소득이 덴마크 전체 평균소득 대비 4분의 3 이하인 노인에게는 9.3%, 2분의 1 이하인 노인에게는 12.6%이다. 하위 계층 노인은 기초연금과 보충연금을 합한 소득대체율이 30% 안팎. 한국 기초연금 소득대체율 6%의 5배다. 그래서 덴마크 노인빈곤율은 4.6%고, 한국 노인빈곤율은 49.6%다. 월세와 자가를 굳이 따지지 않고 자신의 개성을 표현하고 친구와 이웃을 집으로 초청만 해도 행복할 수 있으려면 이 정도의 복지가 필요한 셈이다. 1인 가구의 재테크는 집에 드는 비용을 최소화해 이를 현재의 소비로 돌릴 수 있어야 한다. 이를 위해서는 국민연금 외에도 노후자금을 일찍부터 준비하는 게 좋다.

먼저 퇴직연금이 있다. 퇴직연금은 올해 30인 이상 회사라면 의무적으로 도입해야 하고 2022년에는 모든 회사가 반드시 가입해야 한다. 퇴직연금은 확정급여형(DB: Defined

Benefit)과 확정기여형(DC: Defined Contribution)로 나뉜다. DB형은 회사가 연금을 운용하고, 그 투자 수익도 모두 회사에 들어간다. 일반적인 퇴직금과 같은 형태지만 회사가 망한다고 해도 퇴직금을 어느 정도까지는 받을 수 있다. DC형은 근로자가 어디에 투자할지를 정할 수 있는 것으로 회사는 매년 발생하는 퇴직금을 산정해서 이를 개인 퇴직연금 통장에 입금하기만 한다. 나이가 적을수록 DC형을 선택해 좀 더 많은 투자 수익을 노려야 한다. 이와 함께 개인퇴직계좌(IRP: Individual Retirement Pension)를 개설해 추가로 납입하는 것도 이득이다. 퇴직연금을 추가 납부할 경우 연봉 5,500만 원 이하일 경우 300만 원 한도로 12~15% 정도 세액공제가 되기 때문이다.

40대에는 주택연금에 가입할 수 있는 주택을 구입할 수 있는 여력이 생긴다. 평균 첫 주택 구입 나이는 43.3세다. 앞서 부동산 급등에 대한 미련을 버리라고 한 것은 주택연금 가입자의 보유 주택 합산가액이 9억 원을 넘으면 가입이 안 되기 때문인 것도 있다. 현재 서울의 신축 20평대 아파트 대부분의 실거래가는 9억 원을 넘겼다. 지난해 주택연금 가입 건수는 4만 9,815건인데 이 중 56%가 1억 원대와 2억 원대 집 보유자였다. 연금 수령액은 1억 원대가 월평균 59만, 2억 원대가 86만 원이다. 꼭 서울일 필요도 없고, 신축 브랜드 아파트일 필요도 없다. 은퇴 후에 살고자 하는 지역이 있다면 해당 지역 매물을 미리 사두는 것도 좋은 방법이다. 주택연금은 집값 이상으로 다른 연금이 나가도 계속 연금을 받을 수 있다. 일반 금융회사에서 개인연금을 드는 것도 적극적으로 고려해 봐야 한다. 늦어도 45세 이전에는 금융회사의 민간 개인연금에 꼭 가입해야 한다. 개인연금은 가입 10년이 지나서 55세부터 받을 수 있다. 개인연금은 국민연금 수령과 퇴직 시점 간 평균 약 10년의 공백을 무사히 보낼 수 있는 선택이다. 직장인들이라면 평균적으로 49세에 퇴직하고 15년을 버텨 국민연금으로 골인한다는 걸 잊지 말아야 한다. 이처럼 1인 가구의 재테크는 최소한의 미래와 최대한의 현재라는 말로 압축된다. 그렇기 때문에 사실상 노후자금의 확보와 현재 가용 자금의 최대화가 핵심이다.

인구 증가

한국의 출산율이 역대 최저치를 기록하고, 이에 따른 인구 감소에 대한 우려가 늘어나면서 마치 인구 증가가 부의 상징처럼 잘못 인식되는 경우가 많다. 하지만 경제학에서 인구증가율이 높은 나라는 필연적으로 빈곤해진다. 경제학 교과서로 유명한 그레고리 멘큐의 『거시경제학』에서는 인구가 증가해 노동자의 수가 급격하게 늘어나면 노동자 1인당 안정상태가 낮아져서 1인당 소득수준도 낮아진다고 설명하고 있다. 세계 최빈국들에서 산아 제한 정책이 시행되고 있는 것도 이 때문이다. 역대로 인구 증가에 관한 이론은 다양하게 존재했다. 크게 보면 인구 증가를 두려워할 것인지 아니면 성장의 동력으로 볼지로 나뉜다.

18세기 경제학자 토머스 로버트 맬서스(Thomas Robert Malthus)는 『인구가 장래 사회의 발전에 미치는 영향 면에서 본 인구 원칙에 관한 소론』이라는 길고 긴 이름의 저서에서 짧지만 강력한 하나의 주장을 펼친다. 바로 인구 증가로 인해 인류는 앞으로 영원히 빈곤하게 생활하게 될 것이라는 주장이다. 토머스 로버트 맬서스는 이렇게 비관론을 펼친다. "식량은 인간이 생존하는 데 필요하며 남녀 간에는 사랑이 있어야 하고 이는 거의 현재 상태로 유지될 것이다. 인구 증가의 힘이 인류의 생존을 위해 필요한 지구상의 힘보다 무한히 더 크다." 그러나 식량을 생산하는 기술의 비약적인 발전과 남녀 간 사랑에 개입한 제약회사 덕분에 맬서스의 걱정과는 달리 인류는 빈곤의 늪에 빠지지 않게 됐다.

경제학자 마이클 크레머(Michael Kremer)는 인구 증가가 인류에게 경제적 번영을 가져오는 핵심 동력이라고 믿었다. 이를 '크레머리언 모형(Kremerian Model)'이라고 한다. 그는 인구가 많아질수록 혁신과 기술진보를 담당할 과학자, 발명가, 기술자도 많다고 주장했다. 크레머는 이를 만년설이 녹기 시작하면서 육지가 몇 개 대륙으로 분리된 기원전 1만 년 전과 후로 비교해 입증한다. 한마디로 더 많은 인구가 남게 된 곳들이 더 급속한 성장을 이뤘다는 점이다.

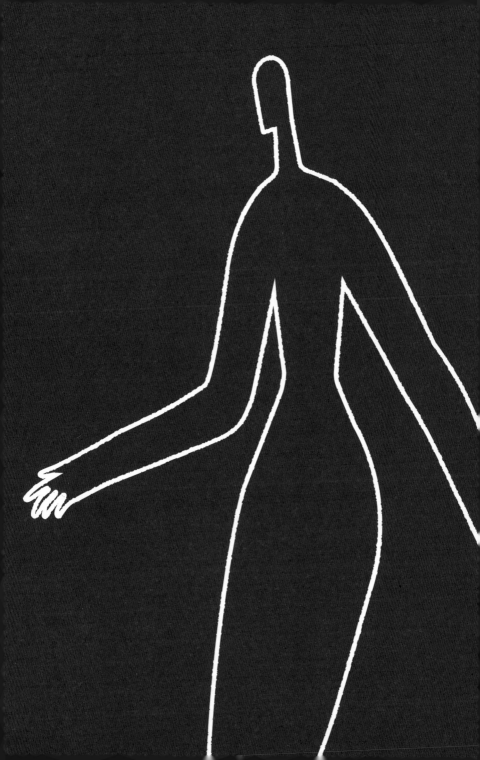

마
무
리
하
며

낯선 도시의 라디오를 훔쳐 듣는다. 뉴욕이나 댈러스, 쿠알라룸푸르나 자카르타는 물론이고 부산이나 제주의 지역 방송도 자주 듣는다. 한 번이라도 가봤거나 살아본 도시의 라디오에서 귀에 익은 도로명이 나오기라도 하면, 묘하게 시공간이 왜곡되는 느낌이 든다.

홍콩의 영어 라디오 방송인 RTHK3이나 말레이시아 쿠알라룸푸르의 트렉스 라디오를 듣다 보면, 경사진 도로변의 홍콩 외신기자클럽에서 마신 맥주라든가, 쿠알라룸푸르의 정신 사나운 술집 골목의 열기가 느껴진다. 오래된 취미라면 취미다. 집에 사람도 TV도 강아지도 아무것도 없이 지내다 보면 묘하게 현실감이 없어지는 때가 온다. 그럴 때 주로 낯선 도시의 라디오를 훔쳐 듣고 있다. 혼자 살아가는 것에는 고독이 따라오기 마련이고, 사람이 위로를 받는 방법은 다양한 법이다. 이 책에서도 고독과 외로움에 대해 다루고 있지만, 좀 더 다양한 시각을 소개하고 싶다. 결혼하지 않는 것을 선택할 때 자유와 함께 따라오는 것이 고독이고, 이는 고립과는 전혀 다른 개념이기 때문이다.

'현대인의 회복될 여지가 없는 만성 질병'인 고독을 탐사한 올리비아 랭(Olivia Laing)의 『외로운 도시』의 부제는 '뉴욕의 예술가들에게서 찾은 혼자가 된다는 것의 의미'다. 랭은 비치보이스(The Beach Boys)의 드러머였던 데니스 윌슨(Dennis Wilson)이 부른 노래에 나오는 '고독은 아주 특별한 장소(Loneliness is a very special place)'라는 가사를 좋아한다. 랭은 이 장소가 아마도 사람들이 퇴근해 귀가하고 네온 간판에 불이 켜지는 황혼녘의 대도시일 것이라고 믿는다. "외로운 도시에서 경이적인 것이 수도 없이 탄생했다. 고독 속에서 만들어졌지만, 고독을 다시 구원하는 것들이." 피아니스트 글렌 굴드(Glenn Gould)는 1964년 4월 10일 이 고독이라는 특별한 장소로 들어갔지만, 아쉽게도 다시 나오진 못 했다. 30대 초반의 당대 최고의 피아니스트가 대중 앞에서의 연주를 그만둔 다는 건 충격적인 사건이었다. 하지만 미셸 슈나이더(Michel Schneider)는 『글렌 굴드, 피아노 솔로』에서 혼자 있다고 꼭 고독 속에 있는 것은 아니라고 주장했다. "내게 결핍되어 있는 누군가가 다름 아닌 나 자신일 때, 이런 상태는 고립이다. 고독 속에 있다는 것은 상대방이 거기, 내 안에 있다는 확신을 느끼는 것이다." 법정 스님은 『혼자 사는 즐거움』에서 이렇게 말했다. "홀로 사는 사람은 고독할 수는 있어도 고립되어서는 안 된다. 고독에는 관계가 따르지만, 고립에는 관계가 따르지 않는다. 모든 살아 있는 존재는 관계 속에서 거듭거듭 형성되어간다." 독일 철학자 올리비에 르모(Olivier Remaud)도 『자발적 고독』에서 완전한 고독을 선택하는 것은 사회적인 관습을 거부하는 것에 그친다고 경고하고 있다. 고독한 개인들 간의 연대가 필요하다는 말이며, 자발적으로 선택한 고독이라도 일시적이어야 개인의 성장으로 이어질 수 있다는 얘기다. 르모는 이를 '(사회로부터) 바로 옆으로 한 걸음 옮겨서 만나는 고독'이라고 표현했다.

　　『혼자여서 완벽한 사람들』은 2018년 여름 명동 근처의 카페에서 amStory와 첫 미팅을 하면서 시작됐다. 2019년 1월부터 12월까지 이 책의 기둥이 된 '솔로 경제'와 '취향 경제' 시리즈 기사를 〈이코노미스트〉에 연재하면서, 비혼과 미혼 사이 어디쯤에 있는 여러 사람들을 만나 얘기를 나눴다. 낯선 도시의 라디오를 들을 시간도 없이 바쁘게 움직이는 사람들이었다. 이들은 혼자이기 때문에 고독이라는 '특별한 장소'에 수시로 출입할 수 있었다. 고독이 오히려 이들을 완벽하게 만들어줬다.

다만, 혼자 사는 비미족의 '솔로 경제'는 기존의 경제 논리와는 다르게 움직이기 때문에 더 많은 논의가 필요하다. 일례로 비미족의 소비는 교육비 부담이 큰 4인 가구의 소비와는 전혀 다른 사이클을 가지고 있다. 평생 돈을 가장 많이 써야 하는 기간도, 은퇴하는 시점과 그 이후를 대비하는 방법도 다를 수밖에 없다. 이 책에서 단순히 비미족의 특징을 나열하기보다는 근원을 밝히고자 노력했다. 그렇지만 책의 부제인 '초솔로 시대, 우리는 왜 혼자 사는가'라는 질문에 과연 완벽하게 답했는지를 생각해 보면 여전히 고민이 된다. "독자 여러분, 함께 고민해보시죠. jeongyeon.hahn@gmail.com으로 이메일을 보내주세요."

혼자여서
완벽한
사람들

초솔로 시대,
우리는 왜 혼자 사는가

초판 인쇄 2020년 5월 15일
초판 발행 2020년 5월 20일

지은이 한정연
펴낸이 김희연
펴낸곳 ㈜에이엠스토리(amStory)

책임편집 김승윤
편집 이슬, 정지혜
홍보·마케팅 ㈜에이엠피알(amPR)
디자인 studio 213ho
인쇄 ㈜상지사P&B

출판 신고 2010년 1월 29일 제2011-000018호
주소 (04629) 서울특별시 중구 소파로 129(남산동 2가, 명지빌딩 신관 701호)
전화 (02) 779-6319
팩스 (02) 779-6317
전자우편 amstory11@naver.com
홈페이지 www.amstory.co.kr
ISBN 979-11-85469-15-7 (03810)